Armando

Die Wärme der Abneigung

Aus dem Niederländischen von Anne Stolz

Frankfurter Verlagsanstalt

Umschlagphoto: Else Mulder, Haarlem

Erste Auflage 1987

Satz: VA Peter Großhaus, Wetzlar
Druck: Franz Spiegel Buch GmbH, Ulm
Gestaltung und Produktion:
Ralf-Ingo Steimer, Nördlingen
Printed in Germany

Inhaltsverzeichnis

Deutsch 7
Lärm 13
Die kleinen Vorkommnisse 19
Die Schriftsteller 25
Die Parabel vom Meer
und der Knopfdose 31
Wir haben es nicht gewußt 39
Die Sehnsucht 45
Hunde 50
Zirkus 56
Gehört und gesehen 62
Nacht 67
Reste 72
Machthaber 78
Mitleid 83
Herbst 88
Betteln 92
Damengesang 98
Orte 103
Nebel 108
Vor dem Krieg 113
Schuldige Landschaft 119
Kopfschmerz 124
Still 130
Namen 135
Herzlich 140
Argwohn 146
Anmerkung der Übersetzerin 151

Deutsch

Man sitzt und macht sich gerade den Dreck von den Schuhen und plötzlich kommt einem eine komische Frage: Deutsche, was sind das eigentlich für Menschen.

Deutsche haben immer mit ihrem Kreislauf zu kämpfen. Man hört sie die Treppe heraufkommen, sie stehen oben vor deiner Nase und schnaufen und was sagen sie dann: oh, mein Kreislauf. Oder sie sagen: eben setzen, mein Kreislauf ist heute nicht in Ordnung, hab ich immer bei diesem Wetter. Wir Holländer haben eigentlich keine Übersetzung dafür. Wir sagen nicht, daß wir es an unserer Blutzirkulation haben. Wir sagen: mir ist schlecht, ich fühle mich nicht wohl, ich bin außer Atem, ich habe Herzklopfen, ich bin schlecht in Form, das Wetter macht mir zu schaffen. Der Deutsche sagt: ich habe es am Kreislauf. Wenn man einige Jahre in Deutschland wohnt, kann man es auch am Kreislauf kriegen.

Man könnte also sagen: Deutsche sind Menschen, die es am Kreislauf haben. Diese Antwort ist bestimmt nicht endgültig. Deutsche gelten als autoritätsgläubig, sie sind gehorsam. Sind sie das noch?

Doch, schon. Die deutschen Fußgänger bleiben, bis auf einzelne Waghalsige, stehen, wenn die Ampel rot ist, weil das nun einmal abgemacht ist. Das ist schön von ihnen. Aber sie bleiben auch stehen, wenn nicht im entferntesten Unrat zu ahnen ist: rot ist rot. Man gehorcht, man bleibt stehen. Der Kaiser hat's verboten, der Kaiser hat's nicht gerne.

Ich möchte auch gern so sein, aber ich bin ungeduldig von Art, das ist schlimm genug. Also überquerte ich, an einem frühen Sonntagmorgen, während eines fleißigen Spaziergangs, den Streifenpfad, trotz des roten Lämpchens, denn es war im weiten Umkreis, so wahr ich lebe, kein Auto, kein Kastenrad und keine Kutsche zu hören oder zu sehen. Auf der anderen Seite stand ein älteres Ehepaar und wartete, sie beguckten mich trübe. Als ich an ihnen vorbeiging, hörte ich den Mann zu der Frau sagen: »Der ist lebensmüde.« Seine Frau nickte.

In dem Moment ließ das Lämpchen sie über die Straße, sie stapften so laut und sie hoben ihre Füße so hoch, daß ich begriff, daß mir eine Lektion erteilt wurde.

Es gibt hier ein Theater, in dem Filme für bejahrte Leute laufen. Vermutlich bin ich da des öfteren anzutreffen, denn es laufen gerade die Filme, die ich mir als Junge ansah, wenn ich allein oder mit einem Freund ins Kino ging. Ich weiß noch, wie wir eines Nachmittags entdeckten, daß es *schöne Beine* gibt, Marika Rökk hatte schöne Beine, fanden wir.

Wenn man eine Karte für dieses Theater kauft, fragt die Frau an der Kasse: vorn, in der Mitte oder hinten. Dann kriegt man eine numerierte Karte, obwohl der sehr große Saal lange nicht immer voll ist. Das Seltsame ist aber, daß jeder seine Nummer aufsucht, auch wenn nur dreißig oder vierzig Leute im Saal sitzen. Keiner wird irgendeinen Platz einnehmen. Nun ja, das sind eben bejahrte Leute. Bejahrte Leute sind im allgemeinen keine Menschen, die sich schämen, Deutsche zu sein.

Kurz mal eine Frage zwischendurch: wer wohl die *echtesten* Deutschen sind. Die Rheinländer, nein, die sind katholisch, die aus Bayern auch, obwohl die arg deutsch sein können. Die Sachsen mit ihrem kleinen Mund? Vielleicht. Die Sachsen sind heute Eigentum der DDR, das sind wieder andere Deutsche, und doch auch wieder nicht. Die Preußen? Aber von welchem Preußen denn. Das Preußen, das die Hugenotten aufnahm, das die verfolgten Jesuiten und die verfolgten Juden aufnahm, das Preußen, das als erstes Land Europas die Folter abschaffte? Das Preußen der Schlichtheit, der schwarz-weißen Farben? Das Preußen?

Oder das Preußen des Untertanengeistes, des Kadavergehorsams. Gibt es diese Preußen noch? Auf dieser Seite der Mauer? Ich zweifle. Sie waren ihrer Pünktlichkeit wegen bekannt, aber man kann sich nicht mehr so richtig auf sie verlassen, sie sind nicht mehr so pünktlich. Wenn eine Firma sagt, sie kämen um 9 Uhr vorbei und sie kommen dann zwei Stunden später, ist das nicht pünktlich. Einmal haben sie mich so lange warten lassen, daß ich bösartig geworden bin. Ihr wart im Krieg immer so pünktlich, habe ich gesagt, alles ging pünktlich wie die Uhr, aber das verfehlte seine Wirkung, sie fingen an zu meckern, daß sie nichts mit dem Krieg zu tun hätten, und da mußte ich ihnen recht geben.

Es wird auch gesagt, daß Deutsche Menschen sind, die Blasmusik lieben. Das ist wahr, aber du solltest nicht vergessen, daß das für eine andere, sehr große Gruppe von Deutschen ein Grund ist, Blasmusik zu hassen.

Es gibt nämlich ganz viele Deutsche, die keine Deutschen sein wollen. Die ernstlich an *Selbsthaß* leiden. Die sich mir, dem Ausländer, gegenüber tausendmal entschuldigen, daß sie Deutsche sind. Das sind diejenigen, die Amsterdam so »locker« finden, die Holland so verträglich finden.

Damit haben sie vielleicht recht, aber ich kann es nie lassen, sie dennoch ein bißchen zu ernüchtern. Sie machen große Augen, wenn ich erzähle, daß Holland im Gegensatz zur Bundesrepublik eine kleine rechtsextremistische Partei aufzuweisen hat, die hin und wieder schaltet und waltet. O, das wußten sie nicht. In dem toleranten Holland? Ja. Donnerwetter.

Diese Art von Deutschen sind meistens sanfte Leute, also erzähle ich ihnen nicht, daß diese klamme kleine Partei u.a. entstehen konnte, weil der tonangebende denkende Stand nichts mehr von der Wirklichkeit versteht, hörig wie er seinen neuen Tabus ist. Daß der denkende Stand wohl weiß, wie die Welt aussehen sollte, aber nicht, wie sie ist. Anders gesagt:

der denkende Stand weiß so gut, wie die Welt sein sollte, daß er nicht mehr weiß oder wissen will, wie sie wirklich ist. Bis diese Wirklichkeit sich plötzlich rührt, dann erschrickt man.

Erzähle diesen Deutschen nie aus Versehen, daß du unangenehm behandelt worden bist, auf einem deutschen Postamt oder so. Sie schämen sich zu Tode. Sie wissen nicht, daß mir das in Amsterdam oder sonstwo auch passieren kann. Außerdem brauchen sie mit mir nicht viel Mitleid zu haben, denn ich gebe manchmal gern Widerworte. Von welchen Deutschen spreche ich jetzt: offensichtlich nicht mehr von *den* Deutschen. Ich spreche von dem Teil der Bevölkerung, der manchmal ein wenig versucht zu denken, oder irgendwie auf seine Worte achtet. Seinerzeit, als noch Krieg war, gab es sie: *die* Deutschen. Damals durfte man verallgemeinern. Jetzt darf man das nicht mehr. Dann diskriminiert man. Man machte begierig Gebrauch davon, seinerzeit, denn das machte das Leben einfach und man lebte in großer Eintracht. Die Wärme der Abneigung.

Wenn ich an jene Deutschen von damals denke, wie waren die nochmal: sie hatten eine große Schnauze, sie waren plump, sentimental, tüchtig, arrogant, dienstbeflissen und in ihren Augen trieben blaue Eisschollen. Ich haßte sie. Sie glichen fast Menschen, obwohl sie hoch zu Pferde saßen.

Das sind sie noch: Deutsche sind sehr menschlich. Sie sind außerordentlich menschlich. Wenn du gut aufpaßt und hinhörst, kannst du es merken. Ich glaube, daß ich nicht weiß, was das für Menschen sind, die Deutschen. Dennoch weiß ich es.

Und ich darf bestimmt nicht verschweigen und ich beeile mich daher zu erklären, daß ich in diesem trostlosen Land gute Bekannte gefunden habe, gute Freunde sogar, und ich nenne nicht schnell jemand einen Freund.

Was ist deutsch. Haydn finde ich deutsch. Deutsch und doch sehr schön. Nicht mal deswegen, weil er die Militärsymphonie komponiert hat. Habe ich neulich noch in der Philharmonie gehört. Sehr deutsch. Ich war dabei, als sie es spielten.

Beethoven. Auch sehr deutsch und ist das etwa nicht schön. Wenn sie Beethoven spielen, sehe ich immer strenge Säulen vor mir, die bis in den Himmel reichen, weiter nicht, und ich sehe unten ein paar Menschen stehen, die versuchen, die Säulen anzufassen oder vielleicht umzusägen, und was dann mit den Menschen geschieht, weiß ich nicht, der Komponist sorgt dafür, daß ich nicht dahinterkomme. Sie werden wohl Streit kriegen, oder etwas Derartiges. Hörnerschall.

Lärm

Wenn es still ist, wartet er ab. Jeden Augenblick kann der Lärm anfangen. Es kann eine Minute oder eine Stunde dauern, es kann Tage dauern, aber er kommt, das ist so gut wie sicher. Und dann?

Besonders, wenn man in einem Haus wohnt, wo es ein Oben und ein Unten und ein Neben gibt, und dazu noch einen Hinterhof. Was soll er da anfangen? Wahrlich, ein Krankheitsbild.

Es ist keine Furcht, sondern Angst. Wie kann man nur. Und das bei einem, der eigentlich nur schwer nervös zu machen ist. So etwas nennt man hier »lärmempfindlich«, »geräuschempfindlich«. Kafka war es, er zog von einer Pension in die andere, was hörte er eigentlich. Goethe war es. Verzeihung, aber ich bin es auch. Und Schopenhauer: »Wie viele Gedanken sind schon durch einen Peitschenknall vernichtet worden.«

Manchmal fällt es mir schwer, ein Befürworter des Mitmenschen zu sein. Er rückt immer näher, der Mitmensch. Sie fassen einen an mit ihrem Lärm. Ich muß aufpassen, die Umgebung tut mir weh. Ich mag das nicht.

Im folgenden teile ich dir mit, daß ich den Transistor, nach der Atombombe, für die unseligste Erfindung der letzten fünfzig Jahre halte.

Man kann die tragbaren Maschinchen an den komischsten Orten antreffen. In Rom sah ich einen sehr glaubwürdigen Bettler, der seinen Beruf mit einem Transistor neben sich ausübte. Klar, warum nicht. Und eine junge Frau, deren Radio schallend im Kinderwagen lag, neben dem Ohr ihres zweifellos innig geliebten Kindes.

Gestehe es nur: einer der Gründe, weswegen ich Holland seinerzeit verließ, war der Lärm, die Hilversum-3-Gewaltherrschaft. Das gibt es hier in Berlin natürlich auch, aber weniger. Man wird nicht fortwährend aus alles Ecken und Spelunken von plumpem Lärm belagert, nicht einmal in Geschäftsstraßen, aber es wird schon noch kommen, gib die Hoffnung nicht auf, es wird schon noch kommen.

Jedes Jahr mehr Automobile mit Radio an Bord, aus voller Kehle. Rette dich vor dem Sommer. Hören und Sehen vergehen. Es lebe der Winter, infolgedessen. Läßt der flotte Automobilist wenigstens die Fensterchen zu, sonst friert er, hört man dieses blöde Radio nicht.

Pferd und Wagen auf Pflastersteinen waren auch nicht ohne, aber nach reiflicher Überlegung erscheint mir das wie höfischer Gesang im Vergleich zu dem, was sich heute dem Menschentuthorn entringt.

Rette dich vor dem Sommer. Dann rücken die Engerlinge aus, dann begegnet dir ein Knallkopp mit Radio auf der Schulter, fest entschlossen, schnell taub zu werden. Aber was würdest du machen, wenn du jung wärst?

Oder es stellt sich in der U-Bahn ein Armleuchter neben dich mit seinem Radau, in solchen Momenten kommt in mir ein kräftiges Plädoyer für die Todesstrafe auf, aber dergleichen Gefühle sind, sagt man, gänzlich ungehörig. Das gehört sich wirklich nicht. Leute mit einem weniger häßlichen Gemüt als ich machen mich nachdrücklich darauf aufmerksam, daß es Kurse gibt, wo man sich desensibilisieren lassen kann, aber das will ich nicht, ich wünsche nicht, desensibilisiert zu werden. So etwas löst sich, würde ich meinen, ganz von selbst in einem Menschenleben, man braucht nur ein wenig zu warten.

Die Normen des Mitmenschen haben sich leider so verändert. Guckmal, ein wunderschönes Haus. Jaja, mag ein wunderschönes Haus sein, aber ist es auch ein *sicheres* Haus. Damit meine ich nicht gleich, ob es eine gute Adresse zum Untertauchen ist, sondern ob die Nachbarn wohl in Ordnung sind. Sind es Mondkläffer, sind es laute Pinkelpuppen, haben sie das flotte Benehmen von heute an sich: ich bin laut, also bin ich.

Stille ist so relativ. Man kann in einem allem Anschein nach ruhigen Dörfchen wohnen und einen ohrenbetäubenden Nachbarn mit ekelhafter Apparatur haben, einen, der den ganzen Tag in seinem Garten oder in seinem Auto herumstochert und neben ihm spuckts große Töne. So ein Mann hörte vor etwa fünfzehn Jahren in Holland nur Kirchenlieder, aber auch die sind heute *flott*. Aha, der Fortschritt.

Man kann mitten in einer Weltstadt wohnen, in einer

Nebenstraße von Hauptstraße oder Boulevard, und da kann es totenstill sein. Schon erlebt. Zufällig keine Nachbarn mit Lautsprecherdosen.

Kein Haus ist mehr sicher. Überall kann es herkommen. Und es kommt auch immer irgendwo her. Bumbum, da kommen die Bässe, seid ihr da? Was tun. Aus dem Fenster springen? Nein. Was dann? Verdammt, ich weiß es nicht. Stöpsel in die Ohren? Auch nicht.

Ein freistehendes Haus? Hatte ich das erste halbe Jahr hier in Berlin. Ringsum ein großer Garten. Schön. Aber rette dich vor dem Sommer. Gartenfeste. Muß man mitgenießen. Wieder diese Mistmusik. Und je weiter der Abend fortschreitet, umso ekelhafter riecht das Geschrei, denn sie trinken zu viel.

Kam mal an einem Gartenfest vorbei, es war dunkel, ich erschrak schon, aber sie *summten* zusammen hübsche Lieder, die ich nie im Leben singen würde, und sie hatten Kerzen angezündet. Werden *wohlerzogene* Menschen gewesen sein, es gibt noch ein paar, sie waren auch etwas älter, nicht so zeitgemäß, aber es rührte mich, was ist mit mir los.

Früher, vor langer Zeit, hörte man immer einen Sopran, wenn das Radio zu laut war. Los, mach das Geträller mal leiser. O, Entschuldigung, hieß es dann. Oder man hörte jemanden selbst singen. Immer sang jemand. Ich höre nie mehr jemanden singen. Ich höre nur noch widerliches Baßgeprassel. Immer dieselbe Musik, und davon nur die Bässe.

Zum Beispiel nahe am Park wohnen. Schön, ein stiller Park. Nein. Wohl schön, aber nicht still. Dauernd Maschine dings und Maschine bums, Krachmacher, die Blättchen blasen, Gräserchen köpfen und dergleichen mehr. Kein Sense mehr, oder Heckenschere, nein, Lärm. Fortschritt geht mit Lärm einher. Vielleicht *ist* der Fortschritt Lärm, darf man so etwas sagen?

Was nennen wir *still*, was nennen wir *schön*.

Was sind denn die *schönen* Geräusche, nenn doch mal ein paar. Also, Bäume im Wind, das Wehen des Windes, das ist das weitaus schönste Geräusch: leise blasende Bäume. Ein bißchen Regen. Das Rauschen der See, aber das will nie aufhören. Hin und wieder eine Menschenstimme, um die Stille zu markieren. Oder die Stimme eines verdrießlichen Tieres, kurz in der Ferne. Die Durchwatbarkeit der Stille. Stille kann sausen.

Was wollen wir *still* nennen.

Stille kann so von ungefähr sein, Stille in Ermangelung von Geräusch, das ist keine echte Stille. Echte Stille *herrscht*. Man spricht von herrschender Stille. Aber wie ist es denn mit deiner eigenen lauten Stimme?

In den fünfziger Jahren mußte ich ab und zu als ungelernter Arbeiter Geld verdienen, um für mich arbeiten zu können, denn Farbe kostet Geld. Arbeit in rauhen Mengen, für Ungelernte, damals. Hafen, Fabrik, alles mögliche. Es gab zu der Zeit in Holland im Radio nur die sogenannten Arbeitsvitamine. Die schallten durch die Werkhallen. Manchmal ging die

Musik aus Versehen in Gerede über, Vortrag oder so, aber darauf reagierte kaum einer. Ganz selten passierte es aber auch, daß die Vitamine in klassische Klänge übergingen. Großes Geschrei: he, ist einer tot, mach aus die Scheißmusik. Dann kamen schnell die Vitamine zurück und alle hatten wieder ihren Schnuller im Mund.

Was ist das denn nur, der heutige Gesang klingt wie ein Hilferuf, stimmt das? Wehklagen, Selbstmitleid? Selbstmitleid: ist dieser elitäre Aufsatz etwas anderes? Man kann auch sagen, was fehlt meinem Wesen, daß ich diesen Brei von Klängen nicht vertragen kann.

Ich sehne mich nach dem Moment, wo dieses höllische Gestampfe und Geschrei von anderer Musik abgelöst wird, wo die Musik von heute altmodisch genannt werden wird. So ging es auch Ende der fünfziger, Anfang der sechziger Jahre, da wurden die Blasinstrumente und Geigen durch die Elektrogitarre ersetzt. Manchmal fragt man sich verzweifelt: wo bleibt die Wachablösung. Aber was kommt dann, tausend Trompeten? Ich hoffe brennend, daß die Triangel Mode wird.

So. Ende Krankheitsbild.

Die kleinen Vorkommnisse

Da ich selbst einer bin, achte ich manchmal auf Menschen. Ich gucke schon mal zur Seite. Wie sie sich benehmen und wie sie sind.

Ich sehe sie oft um mich herum, die Menschen. Wenn ich auf sie achte, merke ich, daß ich selbst einer bin.

Ich sage dies, weil ich so außerordentlich eingehend damit beschäftigt war, Bäume zu malen oder etwas, was danach aussah, und plötzlich mußte ich wieder verreisen. Ich war gerade dabei, den beklagenswerten Bäumen, die mir schon mein ganzes Leben lang in die Quere kommen, mehr Luft und Licht zu geben, obschon sie das nicht verdient haben, ich war gerade dabei, ihnen ein unschuldigeres Ansehen zu geben, obwohl ich sie ja im Verdacht habe, als ich wieder verreisen mußte. Ich mußte Dinge erledigen, die zum Beruf gehören, denn der Beruf ist nicht nur Malen und Schreiben, das könnte dir so passen, sondern auch Regeln, Tun und Beobachten.

Um mich zu ergötzen, beschloß ich, mich während dieser Periode den kleinen Vorkommnissen zu widmen, ich beschloß, mich dem Staunen und dem Ärger zu widmen: der äußersten Finsternis der kleinen Vorkommnisse.

Nun, ich konnte sofort anfangen. Am hellichten Tag. Bei der Abfertigung am Flughafen wird gefragt: Wollen Sie Raucher oder Nichtraucher sitzen. Nichtraucher, sagt der Mann vor mir. Kaum sitzt er auf seinem Hintern, steckt er sich eine Zigarette an. Hier beginnt das Staunen. Der Mitmensch hat Vorsätze.

Ein anderer Vorfall. Im Musiksaal. Da sind Menschen, die haben Hustenbonbons mitgenommen. Sie warten, bis ein träumerischer Satz gespielt wird, und dann erst fangen sie an, das Bonbonpapier zu entfernen, sie knacken, sie rascheln, sie knistern. Oder sie spielen wild mit ihren Perlen und Ketten. Oder sie kratzen mit ihren Nägeln über ihre Lacktasche. Man möchte am liebsten eine Haftmine unter ihrem Sitzplatz anbringen, aber damit begibt man sich auf das Gebiet der *großen* Vorkommnisse, und um die geht es nicht.

Nun lautet die Frage: ist die Wurstelei im Musiksaal als tadelnswertes Betragen zu bezeichnen und, wenn ja, soll man sich darüber ärgern. Wenn du entschlossen bist und standhaft, wenn du stur bist, dann ärgerst du dich nicht. Ich versuche dauernd, stur zu sein, aber zuviel Sturheit ist aller Laster Anfang. Ich ärgere mich manchmal. Während die Menschen einander den Hals umdrehen, habe ich das Vorrecht, mich über eine knisternde Tüte zu ärgern. Ich vermute, daß dies die Fülle des Lebens ist.

Trotzdem fange ich im Musiksaal hin und wieder auch etwas von der Musik auf. Wenn auch neulich ein Mann hinter mir saß, der es an den Luftwegen hatte, er hatte eine verbogene Luftröhre, er knarrte und brodelte, also habe ich nichts vom Gesang und von der Musik gehört, ich hörte nur die Röhre hinter mir. Aber warum soll so ein Mann nichts ins Konzert dürfen und ich auch. Trotzdem hätte ich ihn gern gebeten, sich in Zukunft woanders hinzusetzen, aber das schien mir auch tadelnswert.

Tadelnswertes Betragen gibt es in vielen Erscheinungformen, die zu den kleinen Vorkommnissen gezählt werden können. Ich nenne einige: in einem Speisesaal ganz nah an jemandes Tisch stehenbleiben und reden, mit dem untersten Teil des Rückens in sehr geringer Entfernung zum vollen Teller. Oder noch schlimmer: sich an demselben Platz vornüberbeugen, zum Beispiel, um an seinen Schnürsenkeln zu ziehen, so daß der unterste Teil des Rückens sich in noch deutlicherer Form in der Nähe des Tellers befindet. Ich habe mal jemand gesehen, der vor lauter Abscheu mit seiner Gabel in den betreffenden Körperteil stach, aber das war auch tadelnswert.

Ich fahre fort. Als erster aus Bus oder Straßenbahn steigen und unten, kurz vor der Türöffnung, stehenbleiben um nachzudenken, wo du denn jetzt hin willst. Dasselbe am Ende einer Rolltreppe.

Oder in einen Filmsaal zu spät reinkommen, einen Platz in den vordersten Reihen wählen, da lange stehenbleiben, deinen Mantel ausziehen und inzwischen mit deinem Wasserkopf die Leinwand verdekken. Tadelnswert. Im Hotel abends spät oder morgens früh laut im Flur reden, aufgedreht sein, weil man im Ausland ist, und fest die Türen zuknallen. Und so weiter.

Tadelnswertes Betragen. Das gibt es. Du solltest froh sein, daß du einigermaßen gesund bist und frei auf der Straße herumlaufen kannst, ohne aufgegriffen oder gesucht zu werden, aber nein, du bist nicht froh, du suchst genau so lange, bis du bei den Mitmenschen Verhaltensformen findest, die dich ärgern, obwohl das schlecht für die Blutbahn zu sein scheint. Aber gibt es denn keine wichtigeren Dinge zu melden. Ganz sicher. Erstens vermute ich, daß die großen Dinge klein anfangen, daß das Große sich im Kleinen widerspiegelt, zweitens hatte ich versprochen, mich mit den *kleinen* Vorkommnissen zu befassen.

Auf dem Hohenzollerndamm war der Busfahrer so nett, auf eine kleine alte Dame zu warten, die von weitem angerannt kam, sie konnte wirklich noch ein bißchen rennen. Nett von dem Busfahrer. Aber als sie drin war, fuhr er so schnell los, daß sie durch den ganzen Bus flog. Wo sie sich doch noch herzlich für das Warten bei ihm bedankt hatte, ich sah gar nicht ein, warum er sich rächen mußte.

Der Mitmensch ist unberechenbar und unumgänglich. Manchmal frage ich mich, was kümmert's mich. Ich kümmere mich wohl um mich selbst, vielleicht. Doch habe ich nicht mal einen Maßstab. Einen Schlagschatten habe ich auch selten. Ich fahre fort.

Kurz nach dem Krieg war ich im Schwarzwald, man hatte damals gerade einen großen Brand gelöscht.

Vor einigen Jahren bin ich nochmal hingefahren, weil ich das wollte. Daß es dort verheerende Waldränder gibt, wußte ich also schon. Niederträchtige Waldränder. Zur Stelle. Ich wollte sie nochmals sehen, als ob ich nicht schon genug davon gesehen hätte. Ich sah sie haufenweise, aber ich kam nicht viel weiter damit, ich hätte es wissen können.

In diesem Schwarzwald kam ich eines Tages, auf einer wütenden Wanderung, aus einem stockdunklen Wald, auf einmal wurde ein Schleier hochgezogen und es war hell, da war eine Weide. Am Rand der Weide stand ein Pferd. Ein normales Pferd mit Mähne und Beinen. Es hatte sich ein bißchen an den Rand gestellt, um zu sinnieren.

Ein paar Meter weiter hing ein Schild, auf dem zu lesen stand, daß auf dieser Weide ein Pferd wäre und daß du es bitte nicht füttern möchtest, vor allem keine Zuckerstückchen, das sei nicht gut für ihn, und daß er genug zu essen bekäme, also: wirklich nicht füttern. Da kam von der anderen Seite noch ein Wanderer, er schaute nach dem Pferd, er sah mich nicht, er wähnte sich allein, er setzte seine Brille auf und las alles, ich sah, wie er die Lippen bewegte. Und als er alles gelesen hatte, holte er ein Stückchen Zucker aus seiner Tasche und gab es dem Pferd. Ich hätte fast Beifall geklatscht vor so viel Eigensinn und Durchsetzungsvermögen.

Menschen haben dunkelrote Triebfedern. Dafür können sie nichts, aber trotzdem geben sie sich damit nicht zufrieden. Sie wissen herzlich wenig von ihren Triebfedern, aber sie wollen ihnen mit Hilfe von Wörtern ein Ansehen geben. Sie bauen Bretterbuden mit Wörtern, sie schützen sich, und damit sind sie einen großen Teil des Tages beschäftigt. Sie streuen Wörter um sich, sie decken zu, sie versuchen buchstäblich, etwas in Worte zu fassen, in treffende Worte zu kleiden, sie glauben, eine vernünftige Erklärung gefunden zu haben.

Man vermutet, daß das englische Wort »man« von »Mana« abgeleitet ist, was in Sanskrit das Wort für Denkvermögen ist oder so ungefähr. Der Mensch wäre sein Denkvermögen.

Ich habe schon öfters sagen hören, daß Menschen Vernunftwesen sind. Aber wenn man gut aufpaßt, sieht man, daß die Vernunft sich oft etwas anderem untergeordnet hat, die Vernunft hat meistens Dienst. Wer die Fäden wirklich in der Hand hat, bleibt ein Rätsel.

Ich habe jetzt keine Zeit mehr für die kleinen Vorkommnisse, ich will jetzt kein Auge mehr dafür haben. Ich muß mit den Bäumen weitermachen. Ich hoffe, daß ich dazu noch imstande bin, es wird schwierig sein, aber ich werde sie schon kriegen. Wie die Triebfedern mit Hilfe von Wörtern ein Ansehen bekommen, so versuche ich, den Bäumen ein Ansehen zu geben, wenn ich auch das eine oder andere von ihnen weiß. Denn hier taugen sie ganz und gar nichts. Ich meine natürlich die *alten* Bäume. Daß sie noch lange leben mögen.

Die Schriftsteller

Ich sage manchmal aus Versehen, daß ich etwas nicht genau weiß. Mir scheint, da stimmt was nicht.

Schriftsteller, die die Wirklichkeit beschreiben, müssen wissen, wie der Hase läuft, sie müssen den Laden durchschauen und sie müssen das ein für allemal klarstellen. Solche Schriftsteller müssen den Weg weisen, eine Fackel in der Hand halten und leuchten. Ich wünschte, ich könnte das.

Viele Schriftsteller, Schriftstellerinnen natürlich auch, tun das. Die werden das Gewissen der Nation genannt. Ich bewundere sie.

Fast noch mehr Bewunderung habe ich für die Schriftsteller, die sich gar nicht erst die Mühe machen, die Fackel zu nehmen und zu leuchten, die sagen einfach, wie es *nicht* sein darf. Daß etwas nichts taugt. Mehr nicht.

So einer schreibt zum Beispiel, daß der und der Würdenträger eine Niete ist. Nun, dann weiß der Würdenträger genug, der schläft nicht mehr gut, er weiß, daß er auf dem falschen Weg ist. Das sind die Schriftsteller, die sich trauen. Soweit bin ich noch lange nicht.

Schriftsteller sind die Helden des weißen Blattes. Sie wähnen sich in der vordersten Linie. Aber eigenartig: sie laufen keine Gefahr. Jedenfalls nicht in unseren Gegenden.

Sold kriegen sie aber wohl. Nicht viel, der eine mehr als der andere, wenn der Heerführer nicht gerade mit der Kasse durchgebrannt ist, bekommen sie ab und zu etwas. Ich habe neulich dreißig Gulden von einer Zeitschrift empfangen, die ein paar Gedichte von mir abgedruckt hat. Das macht Mut, dann kann man vorläufig wieder weiter.

Es gibt auch Schriftsteller, die bedauern, daß sie alles schreiben dürfen, daß sie keine Gefahr laufen. Sie blicken neidisch auf die Länder, wo Schriftsteller ins Zuchthaus oder in eine Anstalt kommen. Dort wird, sagen sie, ein Schriftsteller wenigstens noch ernstgenommen, bei uns nicht. Die Nazis nahmen die Schriftsteller und Maler auch ernst, sie ermordeten sie oder sie verboten ihnen, zu schreiben und zu malen. Trotzdem waren jene Schriftsteller und Maler den Nazis nicht dankbar, jedenfalls ist mir nie dergleichen zu Ohren gekommen.

Nun gut, die Schriftsteller, die bedauern, daß sie alles schreiben dürfen, schreiben zum Glück weiter, aber wie sie sich auch anstrengen, sie kommen nicht in eine Anstalt oder ein Zuchthaus. Niemand legt ihnen auch nur einen Strohhalm in den Weg. Wenn es aber doch mal passiert und sie stolpern, schreien sie Zeter und Mordio, denn es sind seltsame Leute, die Schriftsteller. Ganz schön schwer, einer zu sein.

Und dann gibt es noch Schriftsteller, und das sind

viele, die Romane schreiben. Sie phantasieren drauflos. Und auf einmal erkennt der Leser oder die Leserin sich selbst und sagt: Genau wie ich. Oder: So möchte ich auch sein. Oder: Wie erschütternd das Schicksal der Hauptperson. Der Leser oder die Leserin können alles mögliche sagen oder denken. Das kommt, weil der Schriftsteller Saiten berührt. Gar nicht so einfach.

Schriftsteller schreiben, weil sie ab und zu etwas loswerden wollen. Und meistens wird es auch noch gedruckt, das ist ja das Schöne. Der unbedeutendste Gedanke, die leichtfertigste Bemerkung bekommen Gewicht, weil der Schriftsteller oder die Schriftstellerin es geschafft hat, sie drucken zu lassen. Sie befinden sich in einer bevorzugten Lage: es steht auf dem Papier, schwarz auf weiß. Es findet sich bestimmt jemand, der es lesen kann und will. Und derjenige, der es liest, hat zweifellos die Neigung zu denken: Wenn es gedruckt steht, wird schon was Wahres dran sein.

Da kann man sich gehörig täuschen. Die Erfahrung hat mich gelehrt, daß etwas Gedrucktes, schwarz auf weiß also, nicht wahr zu sein braucht. Trotzdem falle ich jedesmal wieder darauf herein.

Gestern bekam ich ein deutsches Büchlein in die Hände und darin kam ein Löwe vor und der Löwe sagt irgendwann: um Himmels willen. Ich hätte das nie von einem Löwen gedacht, aber es stand da schwarz auf weiß, also habe ich es doch kurz geglaubt.

Schriftsteller vermummen sich auch schon mal als Kolumnisten. Sie schreiben Glossen in einer Zeitung und werden deshalb »Kolumnist« genannt. Aber auch die Schriftsteller als solche sind unzuverlässig, vergiß das bloß nicht. Ich entsinne mich eines »Kolumnisten«, es war April 1945, die Alliierten standen schon plattfüßig in Feindesland, aber der besagte »Kolumnist« setzte dem Leser in einer scharfen Abhandlung auseinander, daß Deutschland sehr bald den Krieg gewinnen würde. Der Mann sitzt jetzt vielleicht im Altersheim und ist beleidigt. Oder, das kann auch sein, vielleicht findet er immer noch, daß Deutschland den Krieg gewonnen hat und nicht ein Land wie England, und das läßt sich nicht einmal so leicht bestreiten.

Schriftsteller neigen zu Mitteilsamkeit, das geht nicht anders. Sie sind mitteilsam. Sonst würden sie nicht schreiben. Es gibt massenhaft Menschen, deren Kopf voller Bilder und Gedanken ist, die könnten zig Seiten damit füllen, aber das tun sie nicht, sie schreiben es nicht auf. Schriftsteller wohl, Schriftsteller schreiben es auf, Schriftsteller schreiben. Sie tun das aus Geltungsdrang, ganz bestimmt. Vielleicht sind sie früher zu kurz gekommen, das ist möglich.

Geltungsdrang bedeutet, daß du es ihnen schon zeigen wirst, oder daß du es dir selber schon beweisen wirst. Du mußt und du wirst.

Manchmal schreibst du so fünf bis zehn Jahre an einem Gedichtband, du bist endlich zufrieden, der

Gedichtband erscheint, er liegt in der Buchhandlung, aber was ist denn das: jeder guckt woandershin, jeder hat was anderes zu tun. Es ist mir schon oft so ergangen.

Du denkst dir ein Wort nach dem anderen aus, du schuftest, du verbesserst, du schleifst, aber die Käufer eines solchen Gedichtbandes lassen sich an den Fingern einer Hand abzählen. Das ist dann schade. Das hast du davon, wenn du etwas machst, das es noch nicht gab. Trotzdem habe ich deswegen keine Sekunde weniger geschlafen.

Noch nie ist mir der Gedanke gekommen: warum tue ich das eigentlich, hat es noch Sinn weiterzumachen, wenn so wenig Leute Interesse an diesen doch so unwiderruflichen Gedichten zeigen. Ich fing gleich wieder etwas Neues an, wenigstens, wenn die Muse ein bißchen anständig war. Und so geht es noch immer, ich bin sicher, daß ich recht habe. Ein höchst merkwürdiger Ausspruch, das muß ich zugeben, es schickt sich eigentlich nicht, aber es ist nun mal gesagt.

Ja, wie entsteht ein Kunstwerk. Aus Geltungsdrang also. Aus Begeisterung. Bestimmt. Ohne Begeisterung geht es nicht. Aber manchmal auch aus Langeweile.

Der Schriftsteller Robert Musil hat selbst beschrieben, wie sein Roman »Die Verwirrungen des Zöglings Törleß« zustande kam. Er hatte die Geschichte schon im Kopf und er hat diese Geschichte zwei jungen Schriftstellern weitererzählt, die er gut kannte, sie durften damit machen, was sie wollten. Sie sind unbekannt geblieben, denn sie sind jung gestorben, das gehörte sich zu jener Zeit. Ein paar Jahre später hat Musil angefangen, den Stoff selbst auszuarbeiten, aus Langeweile. Er war etwas über zwanzig und unzufrieden mit seinem Ingenieurberuf.

Er langweilte sich und schrieb ein bemerkenswertes Buch, hier, in Berlin, wo er dauernd auf der Suche nach einem passenden Zimmer war, einem Zimmer, schrieb er in seinem Tagebuch, »so als ob es ein Mensch vor mir bewohnt hätte, der ich gerne geworden wäre«.

Aber ob es wohl Langeweile gewesen ist. Vielleicht wurde durch das, was er für Langeweile hielt, ein Zimmerchen in seinem Kopf frei, wo er arbeiten konnte, und er ergriff die Gelegenheit.

Wir sollten uns glücklich preisen, daß es Schriftsteller gibt. Können wir uns selbst erkennen. Aber was soll man dann tun, wenn man sich selbst erkennt, was soll man denn dann tun. Das weiß ich nicht so richtig. Sieh, da hast du's wieder.

Die Parabel vom Meer und der Knopfdose

Ich möchte gern von der Gelegenheit Gebrauch machen, das eine oder andere in bezug auf das Künstlerdasein feierlich zu offenbaren. Da ich voreingenommen bin. Folgendes.

Künstler bringen Produkte hervor, nach denen zunächst niemand verlangt. Deshalb ist Kunst so wichtig. Deshalb ist Kunst so überflüssig.

Theodor W. Adorno hat (ich führe ihn gleich an, denn er ist angesehener als ich) über die Nutzlosigkeit der Kunst geschrieben: »Gerade als nutzlose ist sie der absolute Protest in einer Welt des totalen Nutzens«.

Künstler malen und schreiben und komponieren wie tolle Hunde und auf einmal kommen aus dieser schrillen Unordnung ein paar Werke zum Vorschein, die die Leute auf die Knie zwingen, tagelang sitzen sie im Bus, um einen Schimmer von diesen Werken zu erhaschen. Viel später scheint es für den Rest wahrhaftig auch noch einen *Markt* zu geben, man muß sich eben trauen.

Die Industrie macht das ganz anders. Es gibt Waghalsige, die vergleichen die Kunst mit der Industrie. Das ist so etwas wie das Meer mit einer Knopfdose zu vergleichen. Es sind neckische Knopfdosen im

Handel, aber das Meer ist ein ohrenbetäubendes Wunder, das mit Hilfe des Horizontes untrennbar am Himmelsgewölbe befestigt ist. Aber richtig, wir wollten von der Industrie sprechen, der lodernden Industrie.

Die Industrie macht Produkte, die abgenommen werden, für die also ein Bedürfnis besteht. Manchmal stellt die Industrie auch Produkte her, für die noch kein Bedürfnis besteht. Zum Spaß zitiere ich wieder jemanden: Walther Rathenau. Er schrieb: »Die Industrie ist immer bedacht, die Bevölkerung zu überzeugen, daß sie was braucht. Auch wenn sie es nicht braucht. Die Industrie, wie sie heute ist, lebt nicht durch die Stillung von Bedürfnissen, sondern durch die Schaffung von Bedürfnissen«.

Der Industrie gelingt es, den Leuten einzureden, daß sie immer neue Bedürfnisse haben, niemand hatte Bedürfnis nach Cola. Auf einmal war es da. Und fast jeder hatte, wie sich herausstellte, Bedürfnis nach Cola, man ist Gott sei Dank sehr gefügig. Das Leben ohne Cola ist fast unmöglich.

Die Industrie kann so etwas zustande bringen, eine großartige Leistung, die Industrie kann das. Die Kunstwelt nicht, die kann das nicht. Die kann überhaupt nicht so viel. Jedenfalls nicht im Vergleich zur Industrie. Das kommt daher, daß es Mühe kostet, Kunst zu ergründen. Kunst ist schwer. Immer gewesen. Cola nicht, Cola ist leicht.

Idealisten, die dem Mitmenschen weismachen, daß sich ohne Kunst nicht leben läßt, sagen also, daß

Kunst etwas ganz Normales ist, daß die Leute nicht solche Ehrfurcht haben sollen, daß Kunst etwas ist wie ein Stuhl oder eine Haarnadel, etwas ganz Normales, aber das wollen die Leute gar nicht hören. Sie wollen vielmehr, daß Kunst etwas ganz Besonderes ist, daß es aus Gold ist und sehr viel wiegt. Fremdenführer, die Eindruck machen wollen, benutzen solche Beschreibungen, das wollen die Leute gern hören, erst dann stapfen sie zufrieden weiter.

Idealisten sind oft auf dem Holzweg.

Kunst ist nicht normal, wenn Kunst oft auch nicht mehr ist als ein Blick, ein Seufzer, ein Wink, manchmal nicht mehr als Gestammel. Oder Tumult. Das kann auch sein. Und noch viel mehr. Es hallt aus allen Ecken und Enden: die matte Schönheit höchstselbst. Und das soll *normal* sein. Schönheit, Schönheit? Wenn du nur um die Schönheit herumgehst, siehst du den Beginn eines langen, angstvollen Schreis. Das darf ich nicht verschweigen.

Und wenn die Herren von der Industrie ein Produkt machen, das die Leute wirklich nicht haben wollen, dann hören sie auf damit. Künstler nicht, die machen weiter. Wider besseres Wissen. Weil sie recht haben, das bezeuge ich mit einem Eid. Deshalb ist Kunst so wichtig. Deshalb ist Kunst so überflüssig.

Nehmen wir ruhig an, daß du zu einem Kunstwerk fähig bist: ein Gemälde, eine Erzählung, ein Gedicht, ein Musikstück. Beschränken wir uns, einfachheitshalber, auf ein Bild. Schön, es ist fertig. Endlich. Lange herumgetrödelt. Aber dann brauchst du (ich wenigstens) geraume Zeit, bis du weißt, ob es gut ist. Ich brauche dazu fast nie nur einen Tag, sondern meistens eine Woche, mehrere Wochen, manchmal sogar Monate, bis ich weiß, daß es gut ist. Ich wache sozusagen auf und plötzlich weiß ich, daß es gut ist. Ich mache einen kecken Spaziergang, ich denke an das Bild, das zu Hause steht und auf ein Urteil wartet, und ich weiß, daß es gut ist.

Es kommt auch mal vor, aus Platzmangel vielleicht, daß Besucher ein Werk, das noch nicht freigegeben ist, zu sehen bekommen und vor Bewunderung knurren. Das darf nicht von Einfluß sein. Selbst nicht, wenn ihre Stimme sich überschlägt. *Ich* muß es gut finden, kein Fremder, merk dir das.

Habe ich das Kunstwerk einmal für tauglich befunden, dann kann oder darf man mit einer Meinung kommen. Ich finde es manchmal außerordentlich interessant zu vernehmen, was andere davon halten (ich hoffe sogar, daß sie es wunderbar finden, auch im Hinblick auf den Verkauf), aber die Hauptsache ist, was ich selbst davon halte.

Aha, da treten sie herein, die Besucher, ihre Köpfe nicken ermutigend: dürfen wir was sehen, ob wir wohl dürfen?

Bitten sie, weil sie höflich sein wollen, oder interessieren sie sich wirklich dafür, das gibt es machmal auch. Ich möchte das gern wissen, weil es nämlich eine ganz schöne Schlepperei ist mit den Dingern. Es ist keine Höflichkeit, es ist Interesse, sagen sie. Es möge so sein. Aber ich habe mir zuviel versprochen, meistens stellt sich dann doch heraus, daß Höflichkeit die Triebfeder war, denn es entsteht ein dampfendes Schweigen, ein kaum zu verbergendes Gähnen, ein unruhiges Gescharre mit den Füßen, eine Frage nach der Qualität der Leinwand, kurzum: Ratlosigkeit. Wenn man ihnen eine kleine Trommel geben würde, könnte man ein langweiliges Wirbeln hören.

Daß ich an diesem verzweifelten Benehmen meine heimliche Freude habe, ist klar. Warum sagen sie nicht: hören Sie auf, mein Lieber, ich hab es doch gleich gesehen, es ist traurig, was Sie da gemacht haben. Sagten sie das doch. Es ist nicht schlimm, wenn sie so etwas sagen. Denn warum sollten andere alles, was ich mache, schön finden müssen. Das wäre eine Zumutung. Neinnein, deswegen keine Feindschaft, denn *ich* finde ja gut, was ich zeige, das habe ich dir soeben erklärt.

So wie du dich auch nicht beeinflussen lassen sollst, wenn der Besucher ein Bild schön findet, das du gerade für untauglich erklärt hast und das zufällig noch dasteht. Ist mir schon mal passiert. Laß dich nicht herumkriegen. Vernichte das Bild. Laß den Besucher quasseln. Du bist der Meister.

Meine Ausführung läuft wohl darauf hinaus: du mußt selbst bestimmen, was gut ist oder nicht. Das dauert manchmal seine Zeit, aber in einem goldgerahmten Moment weißt du es sicher. Dann kann niemand dich mehr von deinem Standpunkt abbringen. Nochmals: du bist der Meister. Du taumelst von einem Zweifel in den andern, aber du bist der Meister. Ich wundere mich, wenn ich jüngere Kunsttreibende sagen höre, daß sie an ihrer *Funktion* zweifeln, wegen der geringen *Resonanz*. Du kannst an der Qualität deiner Arbeit zweifeln, aber an deiner Funktion in der Gesellschaft? Ich möchte dir dringend raten, daran nicht zu zweifeln. Du hast keine Funktion, niemand wartet auf dich, das habe ich bereits gesagt. Später warten sie vielleicht auf dich, aber jetzt noch nicht.

Kunst kennt keine Kompromisse. Kunst muß sein. Und wenn du nicht mußt, wenn du zweifelst, zum Beispiel weil es wenig *Resonanz* gibt: sofort aufhören mit dem Blödsinn. Du mußt, wenn alles stimmt, von dir. Von niemandem sonst.

Du kannst mit Kunst nicht mogeln. Alles oder nichts. Schön ist das nicht gerade, aber du wolltest doch so gern?

Du mußt so lange weitermachen, bis sie zu dir kommen und um deine Produkte betteln. Wenn das nicht der Fall ist, na, dann eben nicht. Du wolltest unbedingt, du hast dein ganzes Leben gemacht, was du wolltest, was willst du denn sonst noch. Aber schenke den Worten des Mitmenschen mit den gefalteten Händen keinen Glauben, der sagt, daß Kunst so unentbehrlich ist, so herrlich beunruhigend und untergrabend. Ich glaube, daß er oder sie es nicht ganz so meinen. Wenn es schlechter geht, radieren sie die Wörter Kunst und Künstler in ihrem Haushaltsbuch sofort aus und recht haben sie: sie wollen damit beweisen, daß sie dich nicht brauchen, dich da mit deinen fieberhaften Produkten.

Vielleicht können sie dich für ihre politischen Ziele gebrauchen. Adorno sagte, wenn ich mich recht erinnere, am Anfang dieses Aufsatzes etwas über Kunst und Protest. Da fällt mir noch eine kühne Behauptung ein, die von Herwarth Walden stammt: »Die Revolution ist keine Kunst, aber die Kunst ist Revolution«.

Schau an, es sieht so aus, als ob ich jungen Künstlern unversehens Richtlinien erteile, es sieht ganz danach aus. Wenn das so wäre, täte ich nicht gut daran. Giuseppe Verdi hat gesagt, daß man jungen Künstlern nie Rat geben soll, denn »die hören doch nicht, die wollen ihren eigenen Weg suchen«. Ich hoffe, daß das nicht wahr ist. Wenn alles seine Richtigkeit hat, haben sie große Ohren aufgesetzt, kein Wort darf ihnen entgehen, sie behalten das wenige, das sie gebrauchen können, den Rest werfen sie weg, und sie tun, was sie tun müssen: arbeiten und sterben.

Aber Verdi konnte es doch nicht lassen. Er gab dem jungen Debussy den Rat, vor allem *einfach* zu komponieren, damit seine Musik leicht auszuführen sein würde. Ein guter Rat.

Debussy hat sich zeit seines Lebens mit Musikern herumgezankt, die sich beschwerten, daß seine Musik so schwer auszuführen wäre. Debussy liebte übrigens die Musik sehr, nicht aber die Musikleute. Ähnlich wie manche Künstler das Wort »Maler«, oder noch schlimmer, »Kunstmaler« nicht herausbringen können, hat Debussy einmal als Trauzeuge seinen Beruf mit »Gärtner« angegeben.

Aber was will der Zufall. Während ich hier stehe und fauche und leugne, sehe ich eine Bande schwarzer Bäume am Rand des Wassers stehen. Was wollen die. Geh mal hin und frag, was sie wollen. Und ich merke, daß der Schlagzeuger seine meterhohen Pauken umwirft, er geht böse weg. Und ein weißgefleckter Höfling bringt mir die Nachricht, daß an der Grenze Scharmützel bevorstehen, so daß ich mich genötigt sehe, den Heerführer vom Dienst zu berufen.

Man schwadroniert über Kunst, man prahlt und unterdessen passiert alles mögliche und man weiß keine Antwort darauf. Draußen sind sie aufgestellt: wütend gruppenweise.

Wir haben es nicht gewußt

Ich muß noch etwas sagen über die Kinder von den Eltern. Über die Generation hier, die noch kurz an dem großen Krieg riechen durfte, die jetzt also außerordentlich erwachsen ist, wie dem auch sei. Ihre Eltern hat man bezichtigt, das Trauern versäumt zu haben. Na, das haben die Kinder aber reichlich gutgemacht. Die können auffallend gut trauern und nörgeln.

Ich warne gleich jetzt, daß ich ins Verallgemeinern komme, aber das ist der Deutlichkeit wegen, das läßt sich nicht vermeiden.

Diese Kinder also, die jetzt äußerst ausgewachsen sind, höre ich hier ständig klagen, daß ihre Eltern ihnen nie etwas von ihren Erfahrungen mit dem Nationalsozialismus erzählt haben, von ihrem Verhalten damals: nie was erzählt.

Klar, wird schon stimmen.

Die Eltern werden viele Gründe gehabt haben, nichts zu erzählen. Weil sie keine reine Weste hatten, weil sie feige gewesen sind, weil es ekelhafte Streber waren, aber vielleicht auch, weil sie sich aufrichtig schämten, oder weil sie einfältig waren oder unbelehrbar, oder weil sie einfach nicht mehr darüber sprechen konnten, aus Unfähigkeit oder weil sie anderweitig zu tun hatten und einfach nicht dazu kamen. Einfach, weil es Menschen waren mit Morgenbrei und Abendbrot, Menschen mit Handbremsen im Kopf, du glaubst doch wohl nicht, daß wir die nicht haben.

O, die Eltern, die nie etwas erzählt haben. Ehrlichkeit gebietet mir zu sagen, daß ich auch schon mal das Umgekehrte höre, immer öfter eigentlich: meine Kinder wollten und wollen nichts davon hören, es interessiert sie nicht. Hab ich ganz oft gehört. Es stimmt aber auch. Wenn man sie nach ihren Eltern aushorcht, stellt sich heraus, daß sie erstaunlich wenig wissen. Ja, mein Vater ist auch noch ein paar Jahre in Kriegsgefangenschaft gewesen, glaub ich. Bei den Amerikanern oder Russen? Ja, das weiß ich nicht genau. Bei welcher Truppe war er. Keinen Schimmer.

Sie wissen nichts. Und wie kommt das? Es interessiert sie kein Stück. Und auch das ist ziemlich normal. Wir wollten doch auch alle die Geschichten von unseren Eltern nicht hören, wie schwer sie es hatten, daß sie nicht zur Schule durften, sondern gleich arbeiten mußten, und du, du darfst schön lernen und üben, nicht, daß mir das Lernen zuwider gewesen wäre, aber die Schule war mir zuwider, ein regelmäßiges Leben war mir zuwider, und das verstanden sie nun wieder nicht. So fehlte es uns allen an Vorstellungskraft, das paßte uns besser in den Kram.

Besagte Kinder von den Eltern meckern auch so

rum, daß ihnen in der Schule nie was vom Nazitum erzählt worden sei.

Es wird zu der Zeit viele Lehrer gegeben haben, die ihre Gründe hatten, nicht davon zu sprechen, aber wie war das in Holland. Mir hat auch nie einer etwas erzählt. Die meisten höheren Schulen kamen nicht weiter als bis zum ersten Weltkrieg. Bei uns in der Schule wurde nach '45 nicht oder kaum vom Krieg gesprochen, klar, man war froh, daß man's hinter sich hatte. Man hatte eben anderes im Kopf.

Ich kann mich erinnern, daß in den fünfziger Jahren arg geschimpft wurde, weil die Kinder da schon nicht mehr wußten, wer ein gewisser Mussert* war, die meisten wußten nicht mal, wer Hitler war, es gab damals einen, der dachte, es wäre ein deutscher Radrennfahrer. Kurze Zeit gab es Kritik am Lehrpersonal, aber das legte sich schnell wieder. Das war also nicht in Deutschland, das war in Holland, und das war ein *besetztes* Land, vielleicht weiß man das noch.

Kürzlich traf ich in einer deutschen Tageszeitung voller Schuldgefühle auf folgende Bemerkung: das und das Buch ist gerade neu aufgelegt worden, ein ausgezeichnetes Buch über die Konzentrationslager, aber die erste Auflage stammt aus dem Jahre 1961, eine Schande, daß man so lange mit einer Neuauflage gewartet hat, das sagt ja wohl einiges über den Verdrängungsprozeß hierzulande. So die Tages-

* Führer der niederländischen Nationalsozialisten

zeitung. Nein, das sagt nichts über »den Verdrängungsprozeß hierzulande«, denn in Holland wurde auch nicht eifrig neu aufgelegt, obwohl Holland, daß weiß ich noch gut, ein *besetztes* Land war, allen Grund also, mit einem beschuldigenden Finger auf den Besatzer zu zeigen, aber auch dort wurden viele Bücher zum Thema, bis auf einige Ausnahmen, nicht oder nur wenig verkauft. Schon in den fünfziger Jahren war der Krieg weit weg und lange her. Verleger und Zeitungsredaktionen teilten mit, daß sie kein oder wenig Interesse hatten, sie teilten mit, daß sich kein Mensch mehr dafür interessierte.

Als hier in Deutschland der Film »Holocaust« lief, fingen sie erst recht an zu klagen, die Kinder von den Eltern: hab ich nie gewußt, ist das nicht eine Schande, Eltern und Lehrer haben uns nichts gesagt, haben wir nie gewußt.

Aber sie hätten es wissen können, denn seit '45 sind unzählige Bücher und Filme über den Krieg erschienen, aber es war ihnen immer egal, und das ist ihr gutes Recht, aber dann sollen sie nicht nörgeln, daß sie bemitleidenswert und unwissend sind.

In der Hinsicht sind sie genau wie ihre Eltern, die sagten auch immer, sie hätten nichts gewußt.

Aber wenn schon: seit wann, frage ich, seit wann weiß ein junger Mensch etwas *nicht*, weil seine Eltern oder seine Lehrer es ihm oder ihr nicht gesagt haben. Wie kommst du nur auf den Gedanken, dich zu beklagen, daß du etwas nicht weißt, weil deine Eltern es dir nicht gesagt haben.

Ohne es zu wissen, sagen sie auch: wir haben es nicht gewußt, und auch sie lügen nicht. Sie hätten es, wie ihre Eltern, wissen können. Es.

Aber da hast du's: so sind Menschen nicht, so sind sie, glaub ich, nicht. Du mußt nicht zuviel von ihnen erwarten.

Sie haben so viele andere Dinge im Kopf, daß sich die Poren schlimm verstopfen, es geht nichts mehr rein. Das ist eine Frage der Selbsterhaltung. Manès Sperber nennt das »praktikable Ignoranz«.

So kenne ich Menschen in Holland (in Holland also), die einen Steinwurf weit von einem Konzentrationslager entfernt wohnten, aber sie konnten dir nach dem Krieg kaum etwas davon erzählen, man vertieft sich doch nicht ins Elend. Sie hatten sich einfach davor verschlossen. Dennoch müssen das nicht unbedingt minderwertige Wesen sein, solche Menschen waren manchmal sofort bereit, jemandem zu helfen, sofort.

Idealisten denken, daß man die Menschen alles lehren kann, sie glauben an eine heile Welt. Ich denke nicht, daß man die Menschen alles lehren kann. Man kann sie im Zaum halten. Die Kirche kann das, oder die Partei, die alles beherrscht. Die sorgen schon dafür, daß ihre Nachfolger tun, was sie tun sollen. Und selbst das gelingt nicht ganz.

In Amsterdam wurden sie in der Straßenbahn jeden Tag angefleht, weiter durchzugehen, damit andere auch Platz hätten (ich weiß nicht, ob das noch so ist), aber einer, der das auch tut, der also Rücksicht auf andere nimmt, ist eine Ausnahme.

Aber vielleicht darfst du bei dem Aas, das nicht weiter durchgehen will und nur an sich selber denkt und von dem aus die Leute draußen vor dem Wagen verrecken dürfen, vielleicht darfst du gerade bei dem untertauchen, das weißt du nicht.

Die Sehnsucht

Obwohl ich nicht mehr am Wald wohne, ist der Wald als Thema für mich keineswegs abgetan. Das könnte dem Wald mit seinen Bäumen so passen. Nein, ich habe vorläufig noch viel mit ihnen zu besprechen, und dafür braucht man nicht am Wald zu wohnen. Ich kenne die Bäume, ich behalte sie im Auge, denn ich weiß, was sie wissen. Es ist die Frage, ob ich das weitererzählen darf: so lautet mein Auftrag, glaube ich, nicht.

Nach und nach habe ich begriffen, daß man nicht schreiben oder malen darf, was man weiß. Man sollte das schreiben oder malen, was sich zwischen dem Wissen und dem Begreifen verbirgt. Eine kleine Andeutung, ein Wink ist möglich, ein Vermuten, mehr nicht, und das ist schon eine Menge.

Ein gemalter Baum ist kein Baum mehr, aber wenn ich Maler wäre und einen Baum malte, dann müßte man ihm ansehen können, daß ich mehr von ihm verstehe, als ich von ihm wissen kann. Oder, daß ich mehr von ihm weiß, als ich von ihm verstehen kann. So müßte der Baum dann ungefähr aussehen.

Vielleicht habe ich es heimlich schon mal versucht, das mit dem Malen jenes Baumes, schon möglich.

Sollte ein Wagemutiger auf die berauschende Idee

kommen, in oben erwähnter Art etwas zu malen, was mit einem Baum, ja sogar mit einem Wald zu tun hat, und sollte er gleichwohl eifrig nach einem Titel suchen, dann kann ich ihn oder sie auf die deutsche Romantik hinweisen. Da gibt es Titel in Hülle und Fülle.

Titel wie »Waldeinsamkeit«, oder »Erscheinung im Wald«, oder »Waldesrauschen«, oder »Waldgespräch«, oder »Waldesruhe«. Es ist verlockend, sich so einen Titel anzueignen und ein entsprechendes Kunstwerk zu machen, aber dazu muß man befähigt sein. So einfach geht das nicht.

Was man auch malen könnte, ist »Die Rückkehr der Mönche« oder »Ein gestrandetes Schiff«. Man kann machen, was man will.

Die deutsche Romantik hat die prächtigsten Motive hervorgebracht. Gern möchte ich das Motiv herausgreifen von dem Mann oder der Frau, die in die Ferne blicken. Es ist sehr gut zu verstehen, daß der Mann oder die Frau dergleichen tun, die Ferne ist sehr der Mühe wert. Die Frau am Fenster zum Beispiel. Sie schaut hinaus, in die Ferne, der Betrachter sieht sie von hinten und schaut mit, auch er sieht einen Schimmer der Ferne. Wehmut, das ist es. Dieses Motiv wird von den Deutschen selbst als »Die Sehnsucht ins Weite« umschrieben. Es ist das *Sehnsuchtsmotiv.* Der Blick gleitet von der begrenzten Geborgenheit zur grenzenlosen Natur, zur Entgrenztheit.

Obwohl wir das in der Schule nicht gelernt haben, weiß trotzdem jeder, daß die Romantik kein Stil war. Es gab keine romantische Bildhauerkunst oder Architektur, die war mehr oder weniger klassizistisch. Die Romantik war eine Weltanschauung, eine Einstellung zum Leben, eine Lebenshaltung, die es immer noch zu geben scheint.

Die Natur wurde als *Gegenwelt* erfahren, eine Welt wie die Kunst, mit eigenen Gesetzen und Gefechten. Die Natur als *Seelenspiegel*.

Die Romantik ist eine dermaßen deutsche Angelegenheit, daß ich es ohne deutsche Wörter nicht schaffe, umso mehr als ich finde, daß diese Wörter und Ausdrücke den Nagel auf den Kopf treffen.

Ja, Deutsch kann schön sein. Sehr schön und friedlich. Aber vergiß nicht, daß hinter jenen glänzenden Hügeln, die die Frau durch das geöffnete Fenster sieht, Schlachten toben können. Oder vergiß es lieber doch, warum sollst du immer an Schlachten denken.

Und natürlich war es wieder der Künstler, der entdecken mußte, daß Schlachten *schön* sein oder aber in etwas Schönes umgesetzt werden können. Dafür gibt es unzählige Beispiele. Eines der eindrucksvollsten ist die »Alexanderschlacht« von Altdorfer. Dieses Bild, das in München hängt, gilt nicht nur als das erste Historienbild der deutschen Malerei, sondern auch als die erste Weltlandschaft.

Die Heere rennen hin und her, aber Altdorfer hat auch den Moment abgebildet, wo der besiegte Darius sich traurig und ergeben nach Alexander umblickt. Ein dramatisches Geschehen, voller Schmerz und Geschrei, und der Betrachter sagt: welch vorzügliches Gemälde, denn das ist es, wenn man mich auch nie von einem »vorzüglichen« Gemälde wird reden hören.

Daß Schlachten schön sind, dafür können die Künstler nichts. Das ist die vermaledeite Schönheit, die sich überall, aber auch überall geltend macht.

Theodor Fontane hat verschiedene Feldzüge mitgemacht und Schlachtfelder besichtigt, und er sprach von »dem poetischen Etwas« der Schlachtfelder. Obschon er während seiner Wahrnehmungen bald zu der Einsicht gekommen war, daß der moderne Krieg nichts anderes ist als »die Wissenschaft vom Töten«. Dennoch sprach er von »dem poetischen Etwas«. Im Jahre 1866. Ich habe einmal jemand verzweifelt rufen hören: Schönheit, wo bist du. Ich schämte mich zu Tode, weil ich das eine überspannte Frage fand, sowas fragt man nicht. Die Schönheit ist da, wo du sie haben willst. Aber besonders da, wo sie *dich* haben will, denn sie drängt sich auf, und zwar dann, wenn du sie nie erwartet hättest.

Sagte ich *sie*, sprach ich von *ihr*? Allmächtiger.

Wie oft wurden die Schlachtfelder nicht beschrieben oder gemalt. In Bausch und Bogen. Oder das Leiden des Christus. Um zu zeigen, wie schlimm es war. Um anzuklagen.

Teils.

Vielleicht muß der Künstler vorher schrecklich weinen, aber dann bezieht er Stellung, um ein Kunstwerk zu machen, und dafür muß er in Gedanken einen Schritt tun, daran führt kein Weg vorbei, einen Schritt in die Domäne der Kunst, eine amoralische Domäne.

Und ehe der Künstler sich's versieht, arbeitet er an etwas *Schönem*, wenn es auch noch so schmerzlich ist. Er findet sein Thema schön, denn das Buch oder Gedicht, das so entsteht, muß gut sein, das Bild muß gut aussehen. Wie ergreifend das Leiden am Kreuz, wie herrlich das Bild von Grünewald. Wie furchtbar der Terror, wie prächtig die Radierfolge von Goya. Kunst ist verräterisch, die Kunst trägt einen Harnisch mit Knöpfchen. Wenn du Angst hast, sollst du besser nicht mehr hinschauen.

So konnte es geschehen, vor langer Zeit, daß eine holländische Kunstsammlerin zwar wundervolle Zeichnungen von Vincent van Gogh besaß, auf denen Landarbeiter zu sehen sind, die mit hochgestrecktem Hintern im Boden ackern, aber wenn die Sammlerin selbst ausritt, wollte sie ihre Arbeiter, die im Wald beschäftigt waren, nicht zu Gesicht bekommen. Sie wollte sie nicht sehen. Sie waren eben noch nicht in Kunst umgesetzt.

Ich habe es ja immer schon gedacht: Kunst taugt nichts. Das ist wahrscheinlich der Grund, warum ich Kunst so liebe. Ich liebe Kunst sehr.

Hunde

Weil ich am Rande eines großen Waldes wohne, begegnen mir oft Hunde. Die gehen dort spazieren. Meistens haben sie eine Person bei sich.

Mir ist einer begegnet, der hieß Wilhelm. Was daran bemerkenswert sein soll? Nun, der Hund ging in dem Wald spazieren mit einer Frau, der Spaziergang war zu Ende, die Frau wollte in ihr Auto steigen, der Hund hatte noch das eine oder andere zu tun, die Frau rief immer lauter: »Wilhelm komm!«, aber der Hund wollte nicht hören, die Frau verzweifelte fast und Wilhelm sah sich nicht mal nach ihr um.

Was nun?

Da schrie die Frau: »Wilhelm, auf Wiedersehn«, und sie betonte jede Silbe. Wilhelm kam sofort. Ich weiß, daß es nicht angeht, einem Hund zu begegnen, der Wilhelm heißt, während rundum soviel Elend herrscht, aber es traf mich doch kurz.

Ich kenne auch einen Hund, der Anton heißt. Weil er ziemlich klein ist, wird er Antonchen genannt. Er ist tapfer und fröhlich, dieser Antonchen. Er hat einen Schnurrbart.

Und ich kenne einen Hund, der Jacques heißt. Er trägt ein Pelzmäntelchen mit einem Astrachankrägelchen. Er scheint mal gesagt zu haben, daß ihm kalt sei, und seitdem läuft er in diesem kleidsamen Anzug herum. Dennoch tut er alles, was andere Hunde auch tun, obschon ich ihn nie habe lachen sehen.

Ich finde Hunde nicht widerlich. Hunde sind meistenteils lustige Wesen. Hunde haben Ohren.

Ich habe selber auch einen Hund. Oder sie hat mich, das kann auch sein. Sie rennt schon über zehn Jahre mit mir, oder ich mit ihr, das kann auch sein. Wenn ich in ein Geschäft muß, wartet sie draußen. Geh du nur rein, ich warte schon. Ich brauche sie nicht anzubinden, das wäre eine Beleidigung. Sie wartet und reckt den Hals, um mich im Auge zu behalten, denn Menschen soll man nie ganz trauen, das scheine ich ihr mal gesagt zu haben.

Sie geht nicht zur Schule, sie ist nie in der Schule gewesen. Doch haben wir einander so viel gelehrt, daß sie nie an die Leine braucht, auch in den belebtesten Straßen nicht. Ich auch nicht, übrigens. Und ich brauche sie nie anzuschreien, das findet sie nicht nötig.

Sie bellt nur, wenn es an der Tür klingelt, sonst nie. Sie läßt schon mal einen Rülpser. Sie hat Wimpern und sie schnarcht. Wenn sie Wasser trinkt, schlürft und schlabbert sie. Und wenn sie gähnt, kringelt sich ihre Zunge.

Das erste Mal, als ich sie mitnahm in die große, wilde Stadt, hat sie den ganzen Tag beim Laufen geröchelt und geprustet. Eine Beschwerde gegen die Luftverschmutzung, vermute ich. Sie macht das noch immer, wenn ein Automobil zufällig in ihrer Nähe Anlauf nimmt.

Sie wird nie über meine Zeichnungen laufen, nie. Es wurde mal geschellt, sie lief bellend zu Tür, bremste aber plötzlich ab: da lagen drei Zeichnungen auf dem Boden. Über eine Zeitung läuft sie, aber nie über eine Zeichnung. Sie weiß, daß es einen Unterschied zwischen einer Zeitung und einem Kunstwerk gibt.

Wenn ich abends durch die Stadt gestreift bin und nach Hause komme, liegt sie da und wartet auf mich. Sie ist schon etwas älter, daher kommt sie nicht mehr so angerannt, manchmal ist sie noch in tiefem Schlaf, sie blinzelt mit den Augen ins Licht: bist du wieder da, laß uns noch kurz rausgehen, bitte. Wir gehen, nichts ist schöner als die Nacht in dieser bedachtsamen Gegend.

In einer Allee etwas weiter von hier steht ein schwerbewachtes Haus, da ist immer eine Lampe an. Der Mann sitzt in einem hölzernen Wachthaus, er steht auf und guckt um die Ecke, alles, was hier jüdisch oder amerikanisch ist, muß sorgfältig bewacht werden. Der Mann kennt mich, wir grüßen einander ein bißchen, ich habe keine bösartigen Pläne, denn ich bin zu dumm, eine Bombe zu machen, und der Hund will nichts von Idealen welcher Art auch immer wissen.

Sie hat es gern, daß ich abends weggehe. Das merke ich an allem. Warum hat sie das gern? Was macht sie, wenn sie allein ist?

Liest sie? Ich glaube kaum, aber wie kommt es denn, daß immer ein paar Bücher anders liegen.

Singt sie abgeschmackte Lieder? Hört sie Schallplatten? Wie kommt es, daß die Telefonrechnung so hoch ist? Ich kann sie nicht befragen, man bekommt keine Antwort. Sie ist aber schon elf Jahre.

Was ist passiert, als ich nach Hause komme? Es kommt mir manchmal vor, als ob sie soeben etwas getan hat, das ich nicht wissen darf, als ob sie schnell ein Buch zugeschlagen hat. Sie trommelt mit den Fingern und sie pfeift leise: was soll denn los sein, ich bin ein Hund. Gut.

Der Wind jagt durch den Raum, die Gardinen flattern, sie hat das Fenster aufgemacht, sie wollte frische Luft haben. Gut.

Können Hunde reden? Vielleicht. Ich glaube, daß sie es wohl können, aber nicht wollen. Denn wenn sie reden könnten, könnten sie sich auch eine Stelle suchen, und das wollen sie nicht. Sie wollen versorgt werden. Und ab und zu eine kleine Gegenleistung. Etwas tragen oder ziehen, oder den Weg zeigen.

Ich bin mal nach Mitternacht so tief in den Wald eingedrungen, daß ich mich verirrt habe, was mir nicht so leicht passiert, aber es ist ein komplizierter Wald, mit vielen schwarzen Zimmern. Ich habe: »Geh nur nach Hause« zum Hund gesagt und sie hat mich nach Hause gebracht. Sie läuft dann ein paar Meter vor mir her, so daß ich sie gut sehen kann, sie guckt sich ständig um, ob ich noch da bin, sie schnuppert nicht im Gesträuch, nein, sie zeigt den Weg, sie hat eine Aufgabe zu erfüllen und sie bringt mich bis vors Haus. Ich spreche einige Dankesworte, und sie macht ein Tänzchen, weil es geklappt hat, obwohl sie das schon lange vorher wußte.

Ja, der weichherzige Mitteleuropäer mit seinen freundschaftlichen Gefühlen den Tieren gegenüber. Er weiß, daß die meisten Kinder nicht lieb sind, sondern grausam, also schon die Neigung haben, Tieren gegenüber ungehörig zu sein. In diesem Fall weist er das Kind darauf hin, daß es alle Tiere, ausgenommen den Floh und die Mistfliege, liebhaben soll. Ich habe mich vor kurzem geraume Zeit in Italien auf dem Lande aufgehalten und da war es anders.

Die Kinder des Bauern, der im nächsten Tal wohnte, sind sehr lebhaft, man nennt solche Kinder, glaub ich, nette Bengel, aber ihren Hund treten sie halbtot. Die Eltern stehen dabei und nicken freundlich, ja, die Kinder.

Und Mario, sanft, behilflich, ehrlich wie Gold, ich kann es nicht anders sagen, sah einen Hasen auf der Straße, ich saß neben ihm im Auto, er gab sich alle Mühe, den Hasen zu überfahren, nicht aus Sadismus, o nein, nur so, er sah ihn schon in der Pfanne, glaube ich. Zum Glück hat er es nicht geschafft, obwohl es ein etwas dicker Hase war. Er fand es schade, ich fand es schon gut so. Er schien mir ganz nett zu sein, dieser Hase.

Das ist hier anders. In der Nähe des Kurfürstendamms sitze ich in einem Restaurant und lese und warte auf mein Essen. In der Küche wird gekichert, die Köche albern herum. Es sind noch nicht so viele Leute im Restaurant, daher haben die Köche noch nicht einmal ihre hohen Mützen auf. Da, jetzt setzen sie sie auf. Ein Hund, ein gelber Hund kommt herein, er setzt seine Vorderpfoten auf die Holzwand, die den Speisesaal von der Küche trennt, der Hund fragt, ob es für ihn was zu essen gibt. Die Köche antworten ihm freundlich, sie sagen, daß es noch zu früh ist, in einer Stunde oder so soll er noch mal wiederkommen. Der Hund macht mir den Eindruck, daß er ein bißchen beleidigt ist, er sagt nichts mehr, er dreht sich um und verläßt den Speisesaal. Ich bin von meinem Tischchen aufgestanden, um zu sehen, wohin er ging.

Die alte Frau steht draußen und wartet auf den Hund, auf dem Breitscheidplatz, bei der Gedächtniskirche, da steht sie oft, denn das ist die Stelle, wo der Kaiser und die Kaiserin und die Hofdamen seinerzeit die alte Frau gegrüßt haben, das dachte sie wenigstens, das denkt sie noch immer, sie erzählt es jedem, der es hören will, sie hat es auch mir erzählt. Sie hatte sich hingekniet und sie hatte den Kopf gebogen, es ist zu hoffen, daß die hochgestellten Personen das gesehen haben. Sie haben es gesehen, sagt die alte Frau, sie haben es gesehen und dann haben sie wiedergegrüßt. Woher weiß sie das? Sie weiß es nicht, sie will es gern, sie haben sie gesehen. Und gegrüßt? Und gegrüßt.

Jetzt geht sie mit dem großen gelben Hund Arm in Arm über den Kurfürstendamm. Der Hund kann reden und lachen und denken, das sieht man.

Zirkus

Man bezahlt, man kauft sich ein Programm und was Süßes und man achtet darauf, daß man keinen Zeltmast vor der Fresse hat, aber dann hat man es geschafft. Pracht und Prunk. Eine Maskerade. Zähe Arbeit, maskiert als Fest, das heißt andere Formen, Gerüche, Geräusche, Stimmungen. Was das wohl ist. Ob es das wohl noch gibt. Ja, das gibt es.

Tagaus, tagein in einer Zirkuskapelle spielen: eine sehr langweilige Arbeit. Ich habe es selbst tun dürfen, ich war damals gerade siebzehn, ich wollte in vieler Augen nichts *taugen*, später habe ich nur noch beim Zeltaufbauen geholfen. Dennoch stelle ich heute fest, daß der nicht mehr ganz junge Baßgitarrist beim Spielen kurz seinen Kopf wiegt. Dennoch. Auch darum ist der Zirkus sozusagen meine Lust und mein Leben. Aber bitte einen altmodischen Zirkus. Kein modernes Gedöns mit »illuminierter Beleuchtung«. Kein albernes Ballett. Kein Tonband anstatt einer Kapelle. Nein. Das kann ich nicht leiden. So wie ich auch schlendernde Touristen nicht leiden kann. Ja, was sie denn tun sollen, rennen? Nein, aber das Geschlendere, davon wird mir übel, sie sind im Wege.

Aber ein schlechter Zirkus ist immerhin besser als gar kein Zirkus. Ich erkläre es dir.

Der Vater war übertrieben gelenkig. Noch in hohem Alter machte er im Flur, nach einigem Drängen, mühelos einen Salto mortale. Kam das, weil er mütterlicherseits einem Geschlecht entstammte, das im vorigen Jahrhundert zum Teil nach Amerika ausgewichen war, um einen heute berühmten Zirkus zu gründen? Wir gehen heute in den Zirkus, hieß es früher, du mußt mit, denn Zirkus ist schön. Daher also. Ich war fünf, sechs Jahre alt. Und gut aufpassen, richtig hingucken, was da vor sich geht. Meine erste Erinnerung: ein Pferd, das sich lahm stellte, es legte sich hin und starb, so traurig wie nur was, und der als Kosak verkleidete Reiter lag daneben und sang mit betrübter Stimme »Dein ist mein ganzes Herz«. Das hat mich tief gerührt und ich werde dieses herrliche Lied mein Lebtag nicht vergessen, ich finde es immer noch ein herrliches Lied, versteh mich richtig.

Und wenn es eine Nummer mit purzelnden Männern gab, dann saß der Vater da und murmelte vor sich hin: ja, das kann ich auch noch, und das kann ich auch; he, was der da macht, das hab ich nie geschafft, aber das Publikum sieht nicht, wie schwer das ist, klatschen Junge, das ist gekonnt, was der da macht.

So mußte ich als Kind auch mit zu dem berühmten holländischen Komiker Buziau. Etwas ganz Besonderes, du darfst mit zu Buziau, dafür wirst du mir später dankbar sein. Habe also Buziau gesehen, so jung wie ich bin. Habe gelacht. Bin dankbar.

Der Kapellmeister hat ein *Müsterchen* auf dem Rükken seines weißen Anzugs, auch schön. Das ist Tradition, keine Mode. Die Musik ist deutlich. Die trägen, sicheren Gebärden der Artisten. Die unbeweglichen Saxophonisten. Mädchen können so schön auf Elefanten sitzen. Die wunderbaren Clowns, die selten witzig sind, aber das macht nichts. Und die Art, wie man »hepp« schreit, gefällt mir auch, finde ich schön. Ihr Geschmack ist meiner. Wiedererkennen, ein wenig Sentimentalität ist mir nämlich nicht fremd.

Es geschehen bedeutende Dinge im Zirkus. Ein Elefant auf einem Dreirad. Sehr bedeutend. Ein Pferd, das, nach jahrelangem Abrackern, unter einer Giraffe durchgeht. Na, *und*. Ich würde sagen: sehr viel *und*.

Wache Menschen, voller Zierlichkeit und Aufputz. Sie spielen Heiterkeit und Anmut, und sie glauben hoch und heilig daran, mit Recht. Außerdem glänzt ihr Instrumentarium.

Ein Clown streicht im Vorbeigehen einem kleinen Jungen über den Kopf, ich habe den Kleinen beobachtet, er hat ungefähr fünf Minuten in Verzückung vor sich hingestarrt, und er tat, meiner Ansicht nach, gut daran.

Schönheit. Es ist nicht die unumstößliche Schönheit eines Bildes von Munch, der Handschrift von Michelangelo. Das ist Schönheit, die bohrt und schockt, die gefährlich ist. Nach einer solchen Begegnung möchte man sich »mit schmerzhafter Müdigkeit«, laut Kafka, auf den Diwan werfen. Oder einen umstrittenen

Spaziergang von mehreren Stunden machen, oder einen Tag mit starrem Gesicht herumlaufen, wohin soll man noch blicken, was soll man tun. Streit suchen? Nein, tu das doch nicht.

Nach dem Zirkus denkt man nicht so. Man ißt eine Tafel Schokolade oder ein paar Kekse, und man hat Heimweh nach etwas Unbekanntem, ja, nach was eigentlich. Aber ach, so ein Heimweh, wirklich.

Vom Zirkus kriegt man, wie wir Deutschen sagen, eine Gänsehaut. Ein Zirkus unterhält enge Beziehungen zum Gänsehaut-Wesen, hat dicke Verbindungen damit. Es ist eine brutale, unumwundene, ordinäre Schönheit. Eine beschützende Schönheit auch. Finde ich wenigstens.

Morgens wird geübt. Ein Pferd soll lernen, in einem Bett zu schlafen. Warum? Darum, das muß eben sein, frag nicht so dumm. Es dauert lang, zig Minuten, bevor es sitzt. Sitzen. Sitz, sitz, sitz. Dann soll es sich hinlegen. Hinlegen, hinlegen, hinlegen. Als es endlich (was dauert das lange) liegt, bekommt es zahllose Klapse und viel brav. Brav, brav, brav. Auch das Pferd freut sich.

Eine junge Frau übt mit Pferden. Ein älterer Mann sitzt am Rande und tadelt sie ab und zu in rauhem Ton, er schreit, aber ihre Haltung bleibt ungerührt. Sie sagt nicht: du kannst mich mal, ich geh aufs Büro. Und als es endlich klappt, lobt er sie und sie haben sich noch viel zu erzählen.

Ein betagter Clown in Zivil bringt seiner kleinen

Enkelin die Anfänge des Balletts bei. Und, o Wunder, das Mädchen, ich schätze sie ist etwa acht Jahre alt, ist lernbegierig. Zirkuskinder sind lernbegierig, was ist das nur. Die beiden sind stundenlang beschäftigt, und zum Schluß »turnt« er noch ein bißchen mit ihr, er hält ihren kleinen Körper behutsam mit seinen großen Händen. Fini, sagt er dann. Das Mädchen will weitermachen, ein Kind, das weiterarbeiten will. Fini, wiederholt er. Ende der Kinderarbeit. Da geht etwas Eigenartiges vor. Was sind das für Kinder.

Ihre Altersgenossen außerhalb der Umzäunung schlurfen und schreien gruppenweise herum und scheinen dauernd aufgeregt zu sein. Sie gehören zu den »anderen«, sie sind zum *normalen* Leben verurteilt.

In Berlin begegnen mir viele Gruppen holländischer Schüler, besonders in der U-Bahn. Sie machen heutzutage Studienfahrten nach Berlin, denn Paris und London kennen sie schon. So ein Lärm. Rette dich vor Gruppen. In der Hinsicht sind Holländer wie Deutsche. Kommt man mit einem Einzelnen ins Gespräch, alles in Ordnung. Bis der Einzelne sich wieder unter die Gruppe mengt, dann stößt er heisere Töne aus. Denn die Jugendlichen in unserer verschlissenen Kultur pflegen, schätzungsweise, sicher noch vierzig Jahre ihres Lebens unerwachsen zu bleiben. Höchst merkwürdig.

Unlängst ist hier ein psychologischer Report über Zirkuskinder herausgekommen. Die Forscher waren wirklich sprachlos, denn die wissen von nichts, wenn sie es nicht im Unterricht gehabt haben; die lernen alles mögliche, erleben aber wenig. Die Zirkuskinder sind, wie sich erwies, sehr ausgeglichen, besonders, weil sie dauernd beschäftigt sind. Nach der Schule versorgen sie die Tiere oder sie üben. Sie leben in einer festen Gemeinschaft, wenn sie auch dauernd den Ort wechseln. Sie sind früh selbständig, sie haben viel Verantwortungsgefühl. »Unsere Kinder sind tüchtige Kinder.« So.

Daher also dieser mißtrauische Blick des Bürgers. Der findet unverbesserliche Menschen, die ihren Beruf lieben und sich Tag und Nacht damit beschäftigen, unheimlich und auch etwas komisch.

Zirkus ist also, ich hoffe, daß ich deutlich war, schön. Ein ernster Park mit dicken Bäumen ist auch schön. Verbrannte Landschaften auch. Kahlgeschorenes Niemandsland. Unbeholfene Äcker. Sturm, bösartiges Wehen. Auch. Oder die einleitende Musik zu Parsifal. Oder ein hartköpfiger Bunker, ein Bunker kann so schön sein. Denn es gibt auch Dinge, die *nicht* schön sind, aber trotzdem *schön* sind. Kriegszeug zum Beispiel. Und Beute, Kriegsbeute. Auch: die Mauer. Bekanntlich ist die Mauer, die von hier, ein unsittliches Bauwerk, aber außerordentlich schön: gemeine Einsamkeit. Aber dies geht vielleicht ein bißchen zu weit.

So berichtet jemand Schwärmerischer wie ich über den Zirkus. Und diesmal kein Wort von *seinerzeit*, es wurde heute nicht geschossen, wir machen Fortschritte.

Gehört und gesehen

Gehört und gesehen: das Beaux Arts Trio. Ich habe diese brillanten Herren zweimal in Berlin betrachten dürfen, voriges Jahr waren sie auch hier. Ihr Auftreten kannst du ruhig ein Ereignis nennen. Oder ein Abenteuer, das geht auch.

Der Pianist heißt Menahem Pressler, der Violinist Isidore Cohen, der Cellist Bernard Greenhouse. Es ist ganz klar, die Namen sprechen für sich, die drei sind Juden. Der Pianist ist in Magdeburg geboren, seine Familie ist beizeiten ausgewandert und er wohnt jetzt in Israel. Achte vor allem gut auf diesen Mann: die Spannung macht ihm auf atemberaubende Weise zu schaffen. Er dreht seinen runden Kopf dauernd zu den beiden anderen hin, er folgt ihnen auf dem Fuße, er winkt, er strahlt, er runzelt die Stirn, er öffnet den Mund (wird er etwas sagen?), er liebkost seine Tasten oder beugt sich wie ein Geizhals über den Flügel, denn der gehört ihm. Nein, seine Grimassen sind nicht störend, sondern verständlich und prächtig anzusehen.

Ja, und dann gehen meine Gedanken wieder ihren verhängnisvollen Weg, dort in der Berliner Philharmonie. Ich sehe mir das Publikum an. Großenteils zu junges, also noch immer schuldloses Gesindel, doch sind viele edle alte Damen da, vereinzelt ein edler alter Herr.

Ich bin ziemlich früh im Foyer und sehe, daß einige Damen ihr Butterbrot in einem Plastikbeutelchen mitgenommen haben. Brauchen sie es nicht zu kaufen, belegte Brötchen sind hier teuer. Sie trinken ein Gläschen Apfelsaft dazu. Ist billig. Alles für die Musik. Meine Frage also: Wie viele und wer von diesen rührenden Älteren, die wegen dieses Trios gekommen sind, haben seinerzeit, wie sage ich das redlich, Verständnis (oder mehr) für die Maßnahmen gegen die Juden gezeigt. Das würde ich in einem solchen Moment gern wissen. Aber soll ich die ganze Gruppe mit einem tüchtigen Greifer auf einen Lastwagen werfen, zu mir ins Haus bringen lassen und dort mit dem Katalogisieren den Anfang machen? Nein, das lasse ich bleiben.

Aber warum solche negativen Gedanken. Menschen scheinen, in aller Aufrichtigkeit, schlimm ihre Meinung ändern zu können, sie sind zu allem fähig. Schopenhauer sagt es mir oft genug: Der Intellekt dient dem Willen, rechtfertigt ihn, oder aber, das Ich dient dem Es, rechtfertigt es. Oh, Menschen können so gewaltig denken.

Inzwischen genießt dieses Publikum das äußerst verfeinerte, nie verzagende Zusammenspiel. Und es liegen keine Offiziersmützen in der Garderobe. Mäntel und ein paar Pelzmützen. Was alles in einer einzigen Generation geschehen kann.

Habt Ehrfurcht vor der Musik. Nicht auf die Beschämten und Besorgten hören, die Kunst komisch finden, oder, noch schlimmer, die sagen, daß Kunst was ganz Gewöhnliches ist, nicht auf die hören. Kunst ist etwas sehr Außergewöhnliches.

Gesehen: Albrecht Altdorfer und die Donauschule, Zeichnungen und Graphik (Museum Dahlem).

Eine kleine Ausstellung, nur vier Säle, klein, aber wunderschön. Es ist wenig Aufhebens um diese Ausstellung gemacht worden, es gibt keinen Katalog. Ich bin schon dreimal dagewesen, wenn ich sechs Leuten begegnet bin, so war das viel. Obwohl ich die Weisheit sozusagen mit Löffeln gegessen habe, wundere ich mich doch darüber, daß Berlin über soviel Schönheit nicht samt und sonders in Aufruhr gerät. Aber auf mich soll man lieber nicht hören. Man würde seine Pflichten versäumen und das geht nicht. Dennoch, der Eintritt ist frei. Habt Ehrfurcht vor der Kunst.

Dies ist Kunst, die, wie so oft, in grauenvollen Zeiten wie eine wüste Blume gedieh: Bauernkrieg, Bildersturm, Aufstände, Plünderung, Folter. Altdorfer und seine Trabanten müssen wohl das eine oder andere davon gesehen haben, die Darstellung von Greueltaten gelingt ihnen mühelos. Aber sie malten auch, und das war etwas Besonderes, richtige Landschaften, wo der Mensch sich fast auflöst in den tropfenden und weinenden Wipfeln. Alle Linien weinen übrigens, und das ist gerade das Schöne.

Bekanntlich mache ich auch Zeichnungen, die, seit

1950, ein selbständiges und zügelloses Leben führen. Meine Linien, ich sage es ehrlich, wimmern meistens vor Schmerzen. Schreien und kreischen können sie auch. Und sich sträuben. Aber weinen, nein. Ja doch, in letzter Zeit wollen sie manchmal weinen.

Ist es gestattet, sich selbst mit den Künstlern der Donauschule zu vergleichen? Ja, ist gestattet.

Albrecht Altdorfer aus Regensburg war eine rätselhafte Mannsperson. Als Künstler war er ein sehr unternehmender Mann, ein eigensinniger Erneuerer, aber auch als Bürger verstand er es, sich tüchtig Geltung zu verschaffen. In Regensburg wurde ein Volksaufstand so blutig unterdrückt, daß ein Drittel der Bevölkerung umkam, unter anderem auf dem Schafott. Aber Altdorfer beherrschte offenbar auch die Kunst des Überlebens. Man vermutet, daß er immer rechtzeitig für die Sieger Partei ergriff.

Als prominenter Bürger hat er eine merkwürdige Rolle gespielt. Unter seiner Führung sind die Juden aus Regensburg vertrieben worden, unter großem Beifall der Einwohnerschaft.

Kaiser Maximilian I., mit dem Beinamen »Der letzte Ritter«, hatte die Juden immer beschützt, er war noch keinen Monat tot (1519), als der Regensburger Stadtrat unter Altdorfers Führung beschloß, Regensburg »judenfrei« zu machen. Am selben Tag noch haben sie ihr Wort in die Tat umgesetzt. Als das geschehen war, beschloß man, die Synagoge abzureißen, aber das hat Altdorfer nicht erlaubt. Sie sollten eben warten, bis er die Synagoge gezeichnet hätte. Das ging, das war gut. Ein paar Tage später konnte mit dem Abreißen begonnen werden.

Während des Abbruchs wurde ein Steinhauer unter Balken und Trümmern verschüttet und immerhin wurden die Arbeiten eingestellt, denn man konnte ihn doch nicht auf ungeweihtem Boden sterben lassen. Der Unglückliche wurde hervorgezogen und wie tot weggetragen, aber kurze Zeit nachher war er wieder da mit der Erklärung, daß er dank seiner inbrünstigen Gebete zu Maria am Leben geblieben sei.

Man beschloß, an derselben Stelle die Kirche Schöne Maria zu bauen, und Altdorfer durfte die Maria malen. Alles für die Kunst.

Im Februar 1538 diktierte er ein ausführliches Testament, denn er wollte lieber nicht, daß nach seinem Tode gestritten würde. Er war ein vermögender Mann geworden. Er setzte seine Unterschrift darunter und starb wenige Stunden später.

Gesehen also, eine ergreifende Ausstellung. Gesehen, jedoch nicht gehört. Aber es hat nicht viel gefehlt.

Nacht

Manchmal frage ich mich, was mache ich hier. Warum ziehe ich nicht in eine Höhle oder Grotte, mit freundlichen Tieren, die Proviant für mich holen. Aber nein, ich bin hier, mitten in der Nacht. Denn herrlich ist das Künstlerleben, aber der Zoll ist hoch, laß dir das gesagt sein, der Zoll ist hoch.

Ich wandere, wie wenn ich lauschte. Was sich hier versteckt, verbirgt, ist dir das klar? Natürlich, du wirst keine einzige Spur entdecken, aber es geht um den *Versuch*, sagen wir mal so. Es geht darum, eine Form zu finden für diesen Versuch: Formgebung des Versuchs, Formgebung der Ohnmacht. Da ist etwas los.

»Mein Gott«, höre ich hinter mir, »mein Gott, was ist das nun wieder, hast du deine Scheißuhr nicht um.«

Ich dreh mich um und sehe einen Betrunkenen, der dasteht und sein leeres Handgelenk anstarrt. Ein überreifer Landsknecht, der dasteht und mit sich selber redet, üble Träume von längst vergangenen Schlachten. Ein Gott ist der Mensch, wenn er träumt, ein Bettler, wenn er nachdenkt. Das sagte Hölderlin, ein Freund.

Und während ich eine Bilderserie plane, die ich

»Wiederkehr« nennen will, fängt er an zu flüstern. Er beschwert sich. Mitten im Sommer in Winterkleidern auf der Straße schlafen. Oder umgekehrt, auch umgekehrt. Und ab und zu ein Scheusal. Viele Leichen im Garten, tote Käfer. Manchmal noch die schrille Stimme des Krieges. Alles roch seinerzeit. Der Weg, den wir Offiziere zurücklegten. Mit heiler Haut. Pflastersteine voller Gift. Viel Lärm. Und jeder guckte. Man jubelte doch!

»Was hätte man tun sollen.«

Ich wandere, wie wenn ich lauschte. Die Geräusche eines Handgemenges. Der Gestank einer kämpfenden Hand.

»Nun hör mir doch mal gut zu.« Ich höre, habe ich gesagt.

Es gewittert. Was ich wohl lieber habe, fragt er, nein, was ich wohl *gemütlicher* finde: Gewitter oder Abwehrgeschütz. Ich Abwehrgeschütz. Ist vertrauter. Gewitter ist Natur, Abwehrgeschütz ist eine menschliche Realität, ist Kultur, hat mit Kultur zu tun.

Ist ein bitteres Gelächter die einzige Art, zu überleben? Der Landsknecht stellt mir nämlich Fragen. Verzweifelte Gespräche, nach dem Motto: scherzend überleben. Die heitere Verzweiflung. Weil Menschen armselige Sterbliche sind, traurige Schurken. Mit überheblichem Rückgrat, mit Staub an den Füßen. So ist es, so sieht es aus.

Ich blicke ihn lange an, was tue ich, versuche ich ihn zu sehen, wie er früher aussah? Das gelingt mir doch nicht, laß das nur bleiben. All das Schlingern der

Zeit, hört das denn nie auf? Du tust, als ob die Zeit dein Eigentum wäre. Du widersetzt dich dem Unentrinnbaren. Aber was kann ich in dieser Stadt anderes tun, als nachzudenken über anderleuts wehende Geheimnisse. Wer weiß, der Tod weht mit. Versuchen, sich der Vermummungen zu bemächtigen. Aber warum, warum denn.

Ach, der Künstler und seine Serie »Wiederkehr«. Er hält sich viel zu oft in seinen selbstgeschaffenen Höhlen auf und er leuchtet sich mit einer schwachen Kerze, die vor der unbarmherzigen Zugluft aufgeben muß. So muß er ab und zu wahrlich umherirren und das ist kein Vergnügen. Es sei diesem Tor verziehen, daß er sich in seiner Bedrängnis manchmal nach Gefährten umsieht. Ob da in der Ferne einer ist, der zustimmend nickt und mitgehen will? Vielleicht, ein Einzelner.

Manchmal kommt er auch zurück, um sich unter die Umstehenden zu mengen. Er redet und lacht, er benimmt sich hier und da ein bißchen, er hört sich die vielen Vorwürfe an: du mußt dies nicht tun, und das mußt du doch anders machen, du mußt noch viel lernen. Er nickt, aber seine Gedanken sind anderswo, daran ist nichts zu ändern. Selbstüberschätzung? Selbstvergöttlichung? O ja. Es geht noch, solange der Mitmensch den Künstler nicht an seinen Beinen herunterzieht und vereinnahmt. Hiergeblieben. Runterkommen. Was soll dieses jämmerliche Schauspiel?

Es ist noch Nacht. Unter einer schwerfälligen Laterne steht ein gottesfürchtiges Grüppchen und singt und erzählt von Jesus. Sie singen. Damen mit kleinen Mündchen, aber frivolem Schuhwerk. Ein Mann spielt Harmonika und zusammen freuen sie sich, denn sie verkündigen. Wer hört zu? Die Alkoholiker vom Bahnhof Zoo hören zu. Aber was gibt es denn da, jemand fängt an zu tanzen, eine stattliche Frau, ihr Gesicht ist rot und feucht. Paß auf, hier tanzt man doch nicht leichtsinnig. Der Grabestanz einer Berauschten.

Plötzlich steht sie still. Sie hebt bedachtsam ihren Rock hoch, was macht sie denn, was sucht sie? Sie hat eine weiße Hose an, sie steht jetzt da und starrt von oben her *in* ihre Hose. O, ganz verhalten, vertu dich nicht, sie kann nicht anders, für sie sind die anderen nicht da, sie ist allein und sie hat zu tun. Die Trinker grinsen, sie hört nichts. Die Frau starrt noch immer nach drinnen, dann läßt sie die Hose zuschnappen, der Rock fällt wieder, sie tanzt weiter, auf einer zarten Wolke. Was sie wohl gesehen hat. Ein dicker junger Mann tritt vor und wirft sie um. Sie schlägt hin, vor die Füßchen der singenden Damen. Die blicken ins Weite und fahren unbeirrt fort mit ihrem frommen Lied. Sie singen und der Mann mit der Harmonika spielt. Eine fremde, dunkelhaarige Dame hilft der Frau auf: sowas macht man nicht mit einer Frau. Einen Augenblick ist es still. Nein, sagt ein Betrunkener dann, nein, das stimmt, sowas macht man nicht mit einer Frau. Sie ist eine Frau! Der junge Mann fängt an zu stottern, ich wußte nicht, ich dachte, es tut mir leid. Wieder ein Handgemenge? Ein betrunkener Riese hält dem jungen Mann seinen dikken Finger unter die Nase. Es tut mir ja leid. Nur diesen Finger. Sie ist doch eine Frau! Die Frau tanzt um die Ecke, weg.

Der Landsknecht beginnt zu wanken. »Haß«, sagt er, »Haß ist Scheiße.« Aha, der Haß. Ich darf nicht verschweigen, daß Haß, der Haß, für mich seinerzeit die große Triebfeder war, Kunst zu machen. Und vielleicht noch ist. Aber Haß gegen was, gegen wen eigentlich. Ich will es nicht wissen.

Was ich auch machen kann, ist eine Serie zu planen, die »Geländebeschreibung« heißt. Kann ich auch machen. Aber erst die Serie »Preußisch«. Und später vielleicht die Serie »Mitleid mit dem Feind«. Der russische Dissident Lew Kopelew war in seinem Land lange Zeit eingesperrt wegen *Mitleid mit dem Feind*. Und, das wollte der Landsknecht noch fragen, jeder kennt doch die Stille, die aus dem Wasser kommt? Ja, ich weiß, was er meint. Und die Angst. Die Angst kommt aus dem Wasser. Ob ich das wohl wüßte. Ich wußte es.

Ja, sagt der Landsknecht, wir Kadetten, wir jungen Burschen, was wir wohl für einen Lärm gemacht haben, hier und überall. Viel Lärm.

Er schläft ein, an einen Baum gelehnt. Ein geläuterter Landsknecht? Steck ihm doch Geld in die Tasche. Sonst will er nichts. Laß ihn nur liegen. Er liegt hier jeden Abend. Vielleicht hat er *seinerzeit* ja lachend zugesehen. Friede sei mit dir.

Reste

Berlin ist eine häßliche Stadt mit prächtigen Resten. Berlin ist durch die Bombenangriffe schwer beschädigt, aber nicht unkenntlich zerstört wie Dresden oder einige Städte im Ruhrgebiet. Die Straßen waren hinterher noch zu erkennen. In Dresden war das nicht der Fall: Erich Kästner hat es beschrieben.

Was meine ich eigentlich mit prächtigen Resten. Damit meine ich die Reste einer Bourgeois-Kultur, die dem Auge schmeicheln, in den von widerlicher Nachkriegsarchitektur verhunzten Städten. Nach Mai '45 mußten schnell Wohnviertel zurechtgemauert werden, die Leute wollten wieder gern ein Dach überm Kopf haben. Die geistige Öde solcher Stadtteile ist unübertroffen, dennoch ist Berlin voll davon. Danach baute man ästhetisch vertretbare Betonblocks, die, wie viele weltfremde Architekten geglaubt haben, die Menschheit glücklich machen würden, mich aber sehr trübe stimmen.

Aber der Krieg ist nicht der Hauptschuldige. Nach '45 wurden, auch in unversehrt gebliebenen Städten, zahllose rüstige Häuser und Gebäude aus der Gründerzeit abgerissen. Auch hier galt die Regel: neu ist schön, alt muß weg. Die letzten Jahre ist man etwas behutsamer geworden mit dem Abreißen. Der

Erneuerungsrausch ist ein bißchen vorbei. Man ist wieder auf der richtigen Spur. Man renoviert. Indessen erhebt sich die Frage: darf man so etwas über die moderne Architektur sagen? Darf ich sagen, daß (fast) alle Nachkriegsarchitektur mir zuwider ist? Nein. Denn wie steht es denn mit der modernen Malerei, wie steht es denn mit deinem eigenen Werk? Richtig.

Berlin ist eine junge Stadt. Es hat keine großartige mittelalterliche Vergangenheit. Hier und da steht noch ein schäbiges Dorfkirchlein und grollt, aber stolze romanische oder gotische Kathedralen gibt es nicht. Wohl viele Kirchen in Neo-Stilen, meist aus dem vorigen Jahrhundert, aber das macht nichts. Besser eine Neokirche als keine Kirche. Besinnlichkeit kann nie schaden.

Berlin ist also keine schöne Stadt, wohl aber eine fesselnde Stadt. Fesselnd durch die oft unerträgliche Spannung zwischen einer scheinbar unbekümmerten Gegenwart und einer beklemmenden Vergangenheit. Es ist eine Stadt voller Orte und Spuren. Oft überwachsene Spuren von einem schaurigen Reich und wahrlich, die vielen Zeugen leben noch. Wir können uns diese Tatsache nicht feierlich genug vor Augen halten. Zeugen, die bis zum Ende an dieses Reich geglaubt haben, Zeugen, die anfänglich begeistert waren, aber später schwer enttäuscht, auch, weil es so schlecht ging; Zeugen, die damals zu jung waren, um anders denken zu können, und jetzt fassungslos zurückblicken; Zeugen, die gelitten haben;

Zeugen, die nur einfach gelebt haben, so recht und so schlecht wie es ging, und jetzt aus Bequemlichkeit in der Vergangenheit leben. Denn, das wissen wir alle, die Vergangenheit ist etwas sehr Schönes, wenn sie tüchtig gesiebt ist, von der Zeit und vom Gedächtnis. Und das Schlimme ist, daß die Zahl der Jüngeren, die von nichts wissen oder von nichts wissen können oder wollen, erschreckend zunimmt.

Ein großer Teil dieser noch lebenden Zeugen schlurft heute etwas lustlos weiter, aber seinerzeit waren sie jung und fröhlich, denn sie wurden angenehm beschäftigt, und sie hatten die Welt in der Tasche, dachten sie.

Diese Zeugen interessieren mich maßlos. Daher begebe ich mich gern in Lokale, wo Ältere gemütlich zusammenkommen. All diese geheimnisvollen Gespräche um mich herum, dieses Wissenswerte, diese Sachkenntnis: viel, viel zuviel wird mir nie zu Ohren kommen. Ich fange Gesprächsfetzen auf: »im Krieg...« und dann verebbt das Gespräch wieder. Tun sie das mit Absicht? Aber nein.

Aber ich kann doch nicht jeden ausfragen!

So wie an dem wehmütigen Nachmittag in einem Kaffeehaus: der Pianist und der Geiger stehen da und unterhalten sich mit dem Ober, drei Herren in vorgerücktem Alter. Der Geiger legt eben seine Hand auf die Schulter des Obers. Kameraden? Wer waren diese drei? Wo waren sie? Ich kann doch nicht jeden ausfragen. Manchmal schrecke ich davor zurück. Doch will ich solange wie möglich weiter ihre

Erlebnisse aufzeichnen, jedenfalls die Reste, die in ihrem Gedächtnis hängengeblieben sind. Ich habe noch nicht alle Berliner über fünfzig gesprochen.

Oder muß ich während des Sechstagerennens, während eines Konzerts in der Philharmonie oder eines lustigen Seniorentreffens ums Wort bitten und diejenigen auffordern, aufzustehen, die im Krieg, ja, was eigentlich waren, und wo denn wohl waren. Das geht nicht, aber ich möchte schon. Obwohl, Unwissenheit kann auch ganz angenehm sein. Laß die Vergangenheit doch in Ruhe!

Aber sie liegt hier andauernd auf der Lauer. Sie taucht in den simpelsten Gesprächen bösartig auf.

»Und? Gefällt es Ihnen in Berlin?«

Jaja, es gefällt mir. Bestimmt.

»Wo wohnen Sie eigentlich, wenn ich fragen darf?«

In Frohnau, da wohnte ich voriges Jahr.

»Ach so, ganz im Norden von Berlin, gleich an der Mauer. Ach so. Kommen Sie da schon mal vorbei, an der Mauer?«

Ja, da komme ich schon mal vorbei. Jeden Tag eigentlich. Dort endet (und endete früher) die Gegend mit den stillen Häusern und Bäumen, und da fingen die Wiesen an. Da, auf jener Grenze, ist jetzt die Mauer, die hier eine durchsichtige Mauer ist, aus einem soliden und dicken Maschendraht. Dahinter ein großes Stück Brachland. Mit Wachttürmen und Lampen. Ich kam jeden Tag mit dem Hund vorbei, und jeden Tag gingen auf dem Wachtturm ein paar

Arme in die Höhe, man beguckte mich durch ein Fernglas. Sei gegrüßt, Fremder.

»Ja sehn Sie, auf dieser Grenze, wo das Brachland anfängt, ist ein Lager gewesen. Wußten Sie das?«

Was nun wieder. Was sagt er?

»Also, da war ein Lager. Kein Konzentrationslager, sondern ein Lager für Fremdarbeiter, ausländische Arbeiter, die zwangsweise oder freiwillig in Berliner Fabriken arbeiteten. Da waren auch Holländer.«

Soso. Auf dem brachliegenden Gelände standen sie also, die Baracken. Keine Spur mehr.

»Und«, quasselt die Person weiter, »nach der Kapitulation sind sie alle nach Hause gegangen, zu Fuß meist, die Holländer auch. So richtig ordentlich. Nur die Polen haben sich schlecht benommen. Plündern und vergewaltigen. Aber, nochmals, die andern sind richtig ordentlich nach Hause gegangen. Und danach wurden die Baracken abgerissen.«

Eine Zeit später. »Wo wohnen Sie, wenn ich so unverschämt sein darf?«

Ich wohne in der Bundesallee.

»Wo in der Bundesallee, wenn ich fragen darf, die ist so lang, die Bundesallee.«

Zwischen Friedrich-Wilhelm-Platz und Walther-Schreiber-Platz. In Friedenau.

»Ach, da. Dann wohnen Sie sicher in der Nähe dieses großen Betriebsgebäudes. Stimmt das? Da wurde im Krieg für die Luftwaffe gearbeitet, so feine Geräte, wissen Sie. Steht das Gebäude noch?«

Ja, es steht noch. Sie machen heute was anderes.

Eine Handvoll Glücklicher, die mit meinem Werk vertraut sind und meine Thematik kennen, wissen, daß ich mich hier in der Höhle des Löwen befinde. Das gibt mir teils, seltsamerweise, ein vertrautes Gefühl, ein Gefühl, endlich wieder *zu Hause* zu sein in der unbequemen Vergangenheit, aber es versteht sich, daß eine solche Lebenshaltung beklemmend wirkt.

Ich habe mir nämlich in Berlin die Aufgabe gestellt, »den Feind« zu studieren, zu beobachten. Die Deutschen haben selber ein nettes Wort dafür gewählt: Feindbeobachtung. Ich habe aus diesem Grunde eine Serie großer Bilder, die hier entstanden sind, »Feindbeobachtung« genannt. Denn das ist, ich stelle es mit Unwillen fest, genau das, was ich hier tue. Aber tu ich das nicht auch anderswo, tu ich das nicht immer? Eine gute Frage. Die Antwort läßt noch eben auf sich warten.

Machthaber

Die Clayallee führt zu einem großen Teil am Wald entlang. Da kommt sie mir entgegengegangen, die Frau in Weiß. Sie trägt einen großen Sommerhut, dessen Ränder sich leise auf und ab bewegen, und sie hat ihr Kleid mit Rüschen an. Alles weiß. So sieht sie aus.

Ab und zu fährt ein Auto vorbei. Sie geht zögernd am Waldrand entlang, sie sieht mich schon von weitem starr an, die wird mich bestimmt etwas fragen. Ja, sie fragt. Ich habe noch nie solche großen, durchwatbaren Augen gesehen, das Blau ist nicht von hier, ihre Augen sind woanders.

Wissen Sie vielleicht, wo hier das französische Gefängnis ist.

Das französische Gefängnis?

Ja, das französische Gefängnis.

Nein, das französische Gefängnis kenne ich nicht. Ich beuge mich etwas zu ihr hin, sie spricht ganz leise. Mein Mann ist in französischer Kriegsgefangenschaft, sehen Sie. Es hat mit dem Krieg zu tun. Rasch schaut sie zur Seite, sie weint ganz kurz, dann schaut sie mich wieder aus der Ferne an: es hat mit dem Krieg zu tun, mein Mann ist in französischer Kriegsgefangenschaft. Nun, hier ist kein französisches Gefängnis. Wo wohnen Sie eigentlich, wohnen Sie hier in der Gegend? Nein, sie zeigt erst hierhin, dann dahin, sie zögert, nein, ich weiß es eigentlich nicht.

Aber, jetzt sind ihre Augen plötzlich hier, ich freue mich, daß sie einen Augenblick hier ist, sind Sie ein Franzose? Sie sehen wie ein Franzose aus. Sie lächelt, sie spricht jetzt weniger leise. Neinnein, ich bin ein Holländer. Ach so, Sie sind so groß, das kommt natürlich von der guten Ernährung. Wieder ein Lächeln, obwohl ich schon lange nicht mehr groß bin. Nun, ich kenne also kein französisches Gefängnis. Weiß sie eigentlich noch, daß sie nach dem französischen Gefängnis gefragt hat?

Gedankenlos setze ich meinen Weg fort, ich muß etwas zu essen holen, aber dann überlege ich es mir und gehe schnell zurück, um die Frau zu suchen, aber ich komme zu spät, es tut mir leid, sie ist in Wald und Flur nicht mehr zu finden, sie ist spurlos verschwunden.

Wenn du willst, kannst du sie hier treffen. Es sind Verirrte, bei denen das Heute fehlt, es sind die Untertanen von damals, Anhänger, das Spielzeug der Machthaber. Sie haben den Weg verloren, sie sind nicht mehr von hier, sie werden übertönt von den Vielen, die nach ihnen kamen und die meinen, daß sie jetzt das Sagen haben. Die haben festen Boden unter den Füßen, glauben sie. Vielleicht wissen sie noch nicht, daß sie auch nur normale Anhänger sind, von wem oder was auch immer. Machthaber können in vielerlei Gestalt ins Zimmer kommen. Manchmal werden sie per Post geschickt, als Buch.

Ist der Anhänger kein armseliges Wesen? Wir sind fast alle Anhänger. Wir sind das auch aus Bequemlichkeit. Als Krishnamurti seinerzeit erklärte, daß er nicht der neue Lehrer der Welt und Prophet sei, den man auf Anraten der Frau, die er seine »liebe Mutter« nannte, Annie Besant-Wood, in ihm gesehen hatte, ließ er ein betretenes Grüppchen Menschen zurück. Armselige Anhänger waren sie gewesen, mehr nicht. Und das ist nicht so viel, wenn es auch sehr beschützend ist, unterschätz die behagliche Nestwärme nicht. Als ob es nicht ganz schön anstrengend wäre, mehr als ein Anhänger zu sein, und es ist nicht sicher, ob das glücklich macht.

Eines Tages saß ich im Zug von Holland nach Berlin. Ich hatte einen Platz reserviert, das mußte man, alles war voll, es war mitten im Winter, aber ein Teil des Zugs war ungeheizt, es war Eis auf dem Boden, man konnte ausrutschen, wenn man Lust hatte. Wir schicken, sagte der Beamte, jedesmal einen Brief mit, daß diese Wagen repariert werden müssen, aber immer kommen sie wieder, sind sie wieder da, die machen mich verrückt, die Leute im Osten. Soweit der Beamte.

Jeder schimpfte, eine Unverschämtheit, immer Theater mit den DDR-Zügen, immer was los, jetzt wieder die Kälte. Wenn der Beamte seinen Kopf hereinsteckte, wurde sofort »Ja, hören Sie mal« geschrien, aber der Beamte konnte sich auch nichts mehr ausdenken, er hob die Arme hoch.

Dann kamen wir an die DDR-Grenze. Die Vopos stiegen ein und von dem Moment an wurde nicht mehr geschimpft oder gemeckert. Kein Wort mehr. Jeder saß brav in seinen Mantel gewickelt und hielt den Mund. Als ich mein Erstaunen darüber aussprach, sagte eine alte Dame: Ja, das kommt, weil wir so gehorsam sind. Richtig. Gehorsamkeit. Der starke Arm der Machthaber. Wußtest du übrigens, daß die Machthaber von damals noch ganz schön jung waren? Als die Nazis 1933 an die Macht kamen, war Hitler erst 43, Bormann 32, Goebbels war 35, Göring 40, Hess 39, Himmler 32, Speer 27. Verhältnismäßig junge Burschen also, mit neuen frischen Ideen und einer gewaltigen Lust auf Macht.

Und Reinhard Heydrich, der seine Laufbahn damit begann, auf einem Küchentischchen irgendwo in München ein Archiv für den SD anzulegen, tat das ohne jede polizeiliche Erfahrung (rette dich also auch vor Dilettanten), war erst 38, als er in Prag ermordet wurde. Und Eva Braun war erst 33, als sie Selbstmord beging, aber es ist die Frage, ob sie in diese Reihe gehört.

Diese Art Machthaber ist meist nicht alt geworden. Hess wohl, der lebt im Augenblick noch, aber der sitzt im Gefängnis.

Scheint besonders gesund zu sein, das Gefängniswesen.

Beifall ist mächtig gesund. Beifall verlängert das

Leben, verlaß dich nur darauf. Es gibt etwas, was noch gesünder ist: Kommandieren, Befehlen. Sehr gesund. Daher werden Dirigenten sehr alt. Befehlen plus Beifall, sehr gut.

Weißt du, was folglich auch ein sehr gesunder Beruf ist? General. Generäle werden sehr alt. Die Generäle aus dem letzten Krieg sind, wenn sie nicht fielen, und das taten sie wirklich nicht so oft, und wenn sie nicht nach dem Aufstand des 20. Juli ermordet wurden, alle sehr alt geworden. Halder wurde 87, Heinrici 85, Ritter von Leeb 79, von Manteuffel 81, von Manstein 85, Milch 79, von Rundstedt 77, Kesselring wurde nur 74, Bittrich 85, Reinhardt 76, Reinecke 85, Student 88, Stumpff 79, Warlimont 83. Großadmiral Raeder wurde 84, von Dönitz wurde 89, ebenso der SS-General Hausser. Heusinger ist gerade gestorben, er wurde 85. Und Paul von Hindenburg wurde 86. Weil ich gerade dabei bin: Montgomery wurde 88, Pétain 95, Weygand 97. Selbst der italienische Marschall Badoglio wurde 85. Zum Überfluß: Prinz Eugen war als junger Mann so schwach, daß er kein Soldat werden durfte. Er hat der Habsburg-Dynastie bis zu seinem 91sten Lebensjahr gedient, als Feldherr.

Was folgt hieraus. Daß sie, die alt werden wollen, unverweilt bei der einen oder anderen Lehranstalt einen schriftlichen Generalskursus machen müssen. Kann man ein sehr hohes Alter erreichen. Aber wahrscheinlich mache ich hier einen Denkfehler.

Mitleid

Ach, Sie sind doch ein ausländischer Künstler in Berlin, das stimmt doch, nicht? Ja, das stimmt. Dürfte ich Sie in dem Fall mal was fragen? Ja, dürfen Sie, wenn die Fragen nicht zu schwierig sind. Aber nein, ich möchte Sie folgendes fragen: Wie finden Sie es, als Ausländer in Deutschland zu wohnen, in Ihrem Fall in Berlin. Ich meine: Spüren Sie irgend etwas von Feindschaft der Deutschen Ihnen, dem Ausländer, gegenüber?

Da hast du's. Mitleid. Ich bin ein armer Ausländer.

Wie finden Sie dies, wie finden Sie das. Ich finde kaum etwas. Ich habe nie reizende Mitteilungen an diese runzelnden Frager.

Denn was wollen sie hören. Daß man sich ungehörig benimmt, weil ich ein Ausländer bin. Ausländerfeindlichkeit, das Wort ist wieder gefallen. Fremdenhaß.

Ein ungeduldiger Ladenbesitzer, ein mürrischer Briefträger, ein halsstarriger Beamter, eine bösartige Nachbarin, ist das der Feind? Glaube kaum. So einfach ist das nicht mit dem Feind. Der Feind lebt doch mehr im verborgenen. Das hat er mir wenigstens versprochen, der Feind. Er versteckt sich lieber, ab und zu darf man eben einen Schimmer von ihm sehen, und dann weiß man nicht einmal sicher, ob er's wohl war. Ich mag ihn schon, den Feind. Auf einmal ist er da, es kommt einem vertraut vor, wenn er da ist. Was sollten wir ohne den Feind anfangen. Nichts. Oder schlage ich über die Stränge?

Die Fragensteller erzählen stolz, daß ein anderer Künstler geantwortet hat: Was ich in Berlin vermisse, ist Sonne und Menschlichkeit. Schön gesagt, aber ich denke dann gleich, da ich manchmal ein klein bißchen grob bin, warum verpißt der sich dann nicht. Er wird sich hüten, es gefällt ihm viel zu gut in Berlin, man kann hier in jeder Hinsicht auf den Putz hauen. Also bleibt er und er hat recht. Und was die Sonne betrifft: es war hier diesen Sommer eine solche Hitze, ich war froh, als die Sonne schließlich zur anderen Seite schaute.

Noch eine Frage. War es am Anfang nicht einsam in so einer fremden Stadt?

Einsam also. Jetzt bin ich auch noch einsam.

Was ist eigentlich gegen Einsamkeit einzuwenden, wenn du sie selbst gewählt hast? Nichts. Außerdem: du suchst nicht, aber du findest schnell genug Menschen, die der Mühe wert sind. Aber, wenn du nicht völlig ahnungslos bist, sollte dir klar sein, daß du hier in einem anderen Land bist, wo keiner auf dich wartet. Und dir sollte auch klar sein, daß du ein *Produkt* machst, schwarzgallige Gehänge, auf die ebenfalls keiner wartet. Im Gegenteil. Es hat wenig Sinn, sich darüber zu beklagen, und trotzdem gibt es welche, die das tun, ich staune immer wieder darüber, denn nur im Staunen bin ich ein Meister.

Na ja, du hast gut reden, du kannst die Sprache und du bist kein Türke. Ja, ich habe gut reden.

Meinen sie es gut mit mir, die Fragensteller? Nein, sie meinen es nicht gut mit mir. Es kann ihnen scheißegal sein, ob ich hier verschrumpele oder nicht. Sie wollen nur von mir hören, daß die Deutschen nichts taugen. Dann können sie sich von ihnen unterscheiden, denn obwohl sie auch Deutsche sind, rechnen sie sich zu den aufgeklärten Kreisen, die nie solche historischen Irrtümer begehen würden wie ihre Eltern und Großeltern, so ist das.

Eine höchst interessante Bevölkerungsgruppe. Betulich.

Hier passiert was Ekelhaftes, ich urteile, ich prangere an, ich staune selbst, woher nehme ich die Frechheit, ich gleiche fast einem Stückeschreiber, der unbedingt witzig sein will auf Kosten anderer. Aber ich muß doch weiter.

Ich bin nämlich sehr beeindruckt von dem, was sie alles wissen. Alles wissen sie. Vermutlich haben sie die Weisheit gepachtet. Ich nicht, leider. Ich weiß nicht mal etwas von Pflanzenkunde. Sie haben für alles eine Lösung. Eigentlich ist es schade, daß sie nicht mehr zu bestimmen haben, die Gesellschaft wäre im Handumdrehen repariert.

Aber, dies nur flüsternd nebenbei, wissen wir wirklich so viel? Manchmal müssen wir in einem Buch nachschlagen, wie wir atmen sollen. Wie ging das noch mal. Auf einmal wissen wir das nicht mehr. Eh du dich versiehst, bist du an deiner eigenen Unwissenheit erstickt.

Ferner: ich bin in so eine Gesellschaft geraten. Und natürlich, ein gehöriges Murren. Warum sind sie denn so zügellos. Monotones Gekreisch und Gezeter. Ich kann einfach nicht glauben, daß sie wirklich *Frieden* wollen. Es ist schwarz, es ist weiß. Sie hassen Schattierungen. Du bist für sie oder gegen sie.

Hat die gleiche Menschensorte hier in den dreißiger Jahren nicht auch mit Worten um sich gespritzt, ganz nach der damaligen Mode, dieselben Worte also, aber dann umgekehrt, die obere Seite nach unten? Bestimmt.

Ein Mann bildet in dieser Gesellschaft eine Ausnahme. Er irritiert die anderen, denn sie wissen, daß er ein Architekt mit großen Aufträgen ist und eine Professur hat. Er verdient also noch mehr Geld als sie. Da muß doch etwas faul sein. Sie fordern ihn heraus mit ihren nadelscharfen Sätzen, er sagt nicht viel darauf, er macht einen etwas zerstreuten Eindruck oder er läßt sie eben reden, das kann auch sein. Dann verabschiedet er sich freundlich, und sofort fängt das Getratsche an. Der Trottel, hätte sich fanatisch seiner Haut wehren sollen, nicht mal bösemachen konnte man ihn, typisch das Verhalten von Gutsituierten. So die Gesellschaft, und sie waren bösartig einer Meinung.

Tue ich eigentlich gut daran, mich über diese Leute zu beschweren? Ja, ich tue gut daran.

Sind Sie schon mal drüben gewesen, in der DDR, in

Ost-Berlin? Wieder so eine Frage. Ja, oft. Und wie finden Sie es dort? Ich werde es sagen, sollen sie eben nicht fragen: Ich finde gerade drüben viele Spuren wieder, die mich an Gebärdensprache und Gedankengang des Besetzers erinnern. Die Macht, die Befehle, die Arroganz, die Wachttürme, der Paradeschritt, die Organisation, die Geradlinigkeit, die doppelte Zunge, die Wachsamkeit, die Propaganda, der Geruch, die Geduld, die Engstirnigkeit, die Parolen, die Uniformen, die Bravheit.

He, das erstaunt sie.

In gewissem Sinne (irgendwie) können sie die DDR sehr gut verstehen, daß sie sich dort hermetisch verschließen vor den faschistoiden Einflüssen der Bundesrepublik. Und ich soll nicht vergessen, daß die DDR in gewissem Sinne (irgendwie) dabei ist, etwas aufzubauen. Sie haben Respekt vor der DDR, den haben sie nicht vor dem pluralistischen Wahnsinn des Westens.

Ob sie Normen wollen? Teppichboden aus Gebein? Tut die Freiheit weh?

Zumindest: was wir noch Freiheit nennen. Weiß man noch, was Freiheit ist, macht die Freiheit nicht einen übermüdeten Eindruck, als ob sie schwer getafelt hätte? 1945 wußte man ganz genau, was *Freiheit* ist. Heute nicht. Vielleicht ist das Gedächtnis nicht mehr so gelenkig.

Ich habe mich wahrlich gehenlassen. Laß mich zum Stillstand kommen. Dies war ein Stoßseufzer, das war es.

Herbst

Als die Frau in ihren Wagen stieg und die Tür schloß, flog ein Blatt auf, es flog in einem verzweifelt-hohen Bogen zur Wagentür hin. Wollte es mit hinein, weil die Frau so schön war? Es hat nicht geklappt, nein. Das Blatt legte sich also wieder hin, in Erwartung eines folgenden Vorfalls.

Die Gebärde des Blatts war der letzte Wink eines Ertrinkenden: er weiß, daß er vergebens nach Hilfe verlangt hat, er ergibt sich, er ertrinkt, er nimmt Abschied, er winkt. Es ist Herbst, und wie. Die Blätter schwenken ihre Röcke.

Ach, du weißt ja, wie das so geht, sie haben ein paar Monate zusammen an einem Baumzweig gehangen, dicht beieinander, und nun liegen sie auf dem nassen Boden verstreut, haufenweise hingeworfen, wehrlos, bereit, dummes Zeug zu treiben. Ein Windstoß, ein Fußtritt: jeder Vorschlag begeistert sie, im Nu fliegen sie nach allen Seiten. Genau wie Krawallmacher. Vor Aufregung bekommen sie rote Backen, manch einen Strauch, manch ein Haus setzen sie in Flammen. Die Außenwand ist von oben bis unten mit Blut beschmiert. Unwissende nennen das *Herbstfarben*. Gib ihnen nur recht. Sag nur, daß es Herbstfarben sind. Der Verfall bietet einen herrlicheren Anblick als je zuvor.

Es gibt Blätter, die sich um nichts kümmern. Ich sah eins, das sich geradewegs auf einen Mann herunterfallen ließ. Der oberste Knopf seines Oberhemdes stand noch offen, das Blatt drang dreist nach innen. Der Mann erschrak, er fing an, zu meckern und zu grapschen, er wollte sich die Launen der Naturschönheit nicht gefallen lassen. Ich hörte, wie er »Du Eierkopf« zu dem Blatt sagte, er schimpfte es aus. Ganz richtig.

Am meisten liebe ich eigentlich das dunkle Berlin, die Stadt in Schwarz, mit den glatten Herbststraßen, wenn die Menschen es eilig haben, nach Hause zu kommen.

Da gehen sie: spähend, grüßend, murmelnd, auf dem Weg zum nächsten Hindernis. Und auf einmal kommt zwischen ihnen ein Mann in Badehose dahergelaufen, barfuß, er hat Pfeil und Bogen auf dem Rücken, eine kleine Leinentasche in der Hand. Er geht einkaufen, er ist auf Jagd. Doch es weht, es nieselt, aber der Mann will davon nichts wissen. Er macht große Schritte, sein Torso glänzt vom Regen. Er merkt nichts von den Augen, die manchmal kurz auf ihn gerichtet sind. He, ein Mann in Badehose.

Im Herbst haben die Geräusche auf einmal mehr Bewegungsfreiheit, sie sind nicht mehr so dumpf, sie klappern nicht, sie verwehen. Die meisten Leute bleiben zu Hause und fragen sich, warum die Sonne fort ist. Ich nicht. Ich darf wieder lange Spaziergänge machen und Besuche abstatten. Anders gesagt: das

Gefechtsfeld besichtigen, Grenzen versetzen. Denn es gibt Grenzen.

Grenzen kann man erkennen, versetzen, aufstören. Hier liegt der Sand, da beginnt der Schotter, und dort liegen die Eisenbahnschwellen. Wo endet der Wald und wo beginnen die Baracken. Wo endet das Weideland, wo beginnt die Ortschaft. Wo endet das Sprechen und wo beginnt der Schrei, wo die Stille, wo das Wort. Wo beginnt das Gebüsch, wo der schimmernde Fluß, wo der Raubmord. Wo das Gras, wo der Beton. Dort vielleicht, wo die Ameise sich abschleppt?

Und nachmittags kommt ausnahmsweise ganz kurz die Sonne zu Besuch. »Gute Nacht, Sonne«, sagte das Kind im Bus, »bis morgen«. Es küßte die Sonne, die zwar ein bißchen schien, weil das nun einmal so verabredet war, aber sie war mit ihren Gedanken woanders, das konnte man merken, sie war schon weit weg.

Das Mädchen saß mit seiner Großmutter oben im Doppeldecker, vorn auf der ersten Bank, da hast du die schönste Aussicht. Der Fahrer sitzt genau unter dir, der sorgt für alles, du brauchst dich um nichts zu kümmern.

Das Kind singt. Plötzlich sagt es: »Wenn du an Gott glaubst, behütet er dich. Stimmt das?«

»Ja, sicher«, antwortet die Großmutter.

»Ich glaube an Gott«, stellt das Kind fest.

»Ich auch.«

»Ich glaube so sehr an Gott.« Und bevor die Großmutter auch diese Erklärung bestätigen kann, sagt das Kind: »Ich bin ein Frühaufsteher«. Dann singt es wieder. Vorläufig wird das Kind sich geborgen fühlen, es weiß sich zu fügen. Es singt.

Du mußt nämlich wissen, daß die Wirklichkeit, die Außenwelt, kahl ist und einen manchmal anekelt, daß sie unerheblich ist und riecht, aber du kannst dich immer in die heimeligen Gemächer der Kunst zurückziehen. Aber, was höre ich, die Kunst als Flucht? Ja, natürlich, das geht. »Wir haben die Kunst, damit wir nicht an der Wahrheit zugrunde gehen«, sagte Friedrich Nietzsche.

Es ist schade, daß Friedrich auf der anderen Seite der Mauer nicht gelesen werden darf, denn er hat unwiderstehliche Aussprüche getan: »Kunst«, sagte er, ist »die einzige Rechtfertigung des Lebens.«

Aber Friedrich sagte so viel. Mit einem solchen Hitzkopf läßt sich alles mögliche anstellen, genau wie mit der Kunst, genau wie mit den heiligen Büchern. Du kannst sie für die bösartigsten Zwecke gebrauchen, wenn du das mit aller Gewalt willst. Tu das ruhig.

Kunst kann sogar ein Trost sein. Auch. Zum Beispiel Musik, die traurig an die Fenster klopft, das tröstet doch. Das bestätigt Ahnungen, das bringt drinnen und draußen ins Gleichgewicht, und das ist ja vielleicht Trost.

Auch, wenn es dunkel um dich wird und die Tiere ein Tänzchen machen, auch dann.

Betteln

Wenn ich mich ins Büro begebe, komme ich an einem Bettler vorbei. Dies sieht wie ein vollständiger Satz aus, aber es ist nicht wahr, was da steht. Das Büro ist erfunden, aber der Bettler ist wahr. Ich habe kein Büro und ich bin auf keinem Büro, ich gehe aber oft ins Kaffeehaus. Auf dem Weg ins Kaffeehaus komme ich an dem Bettler vorbei, so stimmt es endlich.

Er knurrt, wenn man ihm was gibt. Wenn man viel gibt, knurrt er laut, als ob er von hinten geschubst würde.

Es kommen sechs, sieben Jungen daher, sie kommen sich *stark* vor, sie täuschen Draufgängertum vor, stellen sich drohend um ihn herum. Er steht auf, er erschrickt, er sagt: was wollt ihr, ich hab Angst, ich will weg. Schnell gebe ich dem Mann Geld, er guckt verblüfft: erst Angst, dann Geld. Die Jungen gehen plötzlich weg, in die Richtung, aus der sie gekommen waren. Sie watscheln vor lauter Macht. Etwas später steht der Bettler, er hat seinen Standort doch verlassen, bei einem Blumenstand herum. Er gibt erst einer Büchse einen Tritt, die da nicht hingehört, zu meinem Erstaunen gibt er der Büchse einen kräftigen Tritt, normalerweise bewegt er sich nämlich wie ein Sack Feigen. Vielleicht gab er jenen Jungen einen Tritt.

Dann zieht er behutsam eine rote Rose herauf. Er bezahlt die Rose, er beguckt und beschnuppert die Rose, als ob es ein Wunder wäre. Es ist auch ein Wunder, denn die Rose ist eine Blume und Blumen sind so.

Der Bettler geht weiter, ich weiß nicht, was er jetzt machen wird. Ich hatte keinen Auftrag, ihn zu verfolgen. Wenn es mir aufgetragen wird, tu ich es. Sonst nicht.

Was habe ich in einem Kaffeehaus zu suchen. Neue Angriffspläne schmieden, bevor die ganze Geschichte wieder neu verdunkelt wird? Was ich wohl in einem Kaffeehaus zu suchen habe, ich glaube nicht, daß du die Frage richtig gehört hast.

Weil es da noch erkennbare Schatten gibt, oder, anders gesagt, verkohlte Gespinste. Außerdem ist es ruhig und es gibt Kuchen, aber das liegt auf einer anderen Ebene.

Ich kann diese Anwandlungen nicht in einer Kneipe bekommen, nicht in dem Geschwafel der Spätgeborenen, die noch nie vor einer schwarzen Klosterpforte gestanden und gewartet haben, da geh ich also besser nicht hin. Ich hoffe, daß ich mit dieser Darstellung niemandem zu nahe trete.

Man kann auch *betteln*, indem man eine Handlung vollzieht, nach der niemand gefragt hat. Künstler tun das auch, aber meistens nicht auf der Straße. Und dann heißt es eben abwarten, ob jemand dafür etwas bezahlen will. Um das Bezahlen bequemer zu machen, legt der Spaßmacher vom Dienst einen Gegenstand hin, der so geformt ist, daß man Geld hineinwerfen kann. Diesen Geschäftsgang setze ich als bekannt voraus.

Ganz in der Nähe des Kaffeehauses steht ein pickliger junger Mann und hat ein Altsax in der Hand. Er hat einen Abspielapparat bei sich und drückt bedachtsam auf einen Knopf. Ein sachkundiges Trio ertönt auf dem Band, Klavier, Baß, Schlagzeug. Und der Junge fängt an zu spielen, mit dem Rücken zum Werkzeug. Er spielt wie ein gelernter Solist, ich bin sprachlos. Wenn eine Nummer zu Ende ist, dauert es nur vier oder fünf Takte und dann beginnt das Trio auf dem Band wieder zu spielen, der Junge folgt. Er spielt so gut, daß ich nicht weggeholt werden will. Jazz: das hört man eigentlich selten auf dem Straßenpflaster. Aber ich bin der einzige, der stehenbleibt und sich sein Spiel anschaut. Viel junge Brut kommt vorbei, die, laut Bericht, arg mit Musik behaftet ist, aber sie bemerken ihn nicht einmal. Ist der hohle Passant taub oder blind? Es ist zu hoffen.

Ich habe den Jungen nicht angesprochen.

Ein paar hundert Meter weiter spielt jemand mit einem Minimum an Handgriffen minderwertig Gitarre, er singt was von *to you* und von *baby*, das kann sehr schön sein, obschon andernorts mit Sicherheit ein Sterbefall bevorsteht. Das junge Volk steht in dicken Reihen bei diesem Geklimper und schnurrt, ein paar sitzen auf dem Boden und wiegen sich. Es ärgert mich, daß ich mich wundere. Das ist doch die Höhe.

Eines Tages tauche ich mitten in einer belebten Geschäftsstraße aus den Höhlen der Bahn auf, und beim Treppensteigen wehte es mich schon an: regelrechte Zaubermusik. Klänge, die ich verloren wähnte. Und richtig, vor dem Fenster eines Kaufhauses stand ein Mann mit einer Ziehharmonika, der auf hervorragende Weise Tangos spielte. Er hielt seinen braungebrannten Kopf ein bißchen schief, er lauschte offensichtlich, mit einem verlegenen Lächeln. Er spielte mit einer Kraft, mit einem Trotz und einer Treffsicherheit, die mich frösteln ließ.

Niemand. Kein einziger Blick. Oder doch. Aber nein, keine zehn Meter von ihm entfernt steht ein Grüppchen erwachsener Herren und starrt nach drinnen. Ich bin gespannt. Richtig, ein Fernsehgerät im Schaufenster. Sie sehen sich mit offenhängendem Mund einen herzlosen Zeichentrickfilm an, sie lachen nicht einmal, was doch Zweck der Sache ist. Und der Mann, der da schillernd im Wind steht, wird seinem Schicksal überlassen. Ich denke, daß es mich ärgert.

Ich habe lange da gestanden. Dann hat der Mann seine Harmonika in ein warmes Tuch gewickelt, er hat das Instrument in seinen Kasten gesteckt, ich habe ihm zugeschaut. Er streckte seinen Nacken nach vorn, um sich eine Zigarette anzustecken, und ging dann schief nach Hause, den Kasten in der rechten Hand. Ich habe den Mann nur ein einziges Mal gesehen, ich habe ihn nie gesprochen. Ich nehme an, daß der Mann echt war, obwohl ich ihn nicht sprechen gehört habe. Was ich sah, war bestimmt keine Sinnestäuschung.

Es kann sein, daß so ein Mann zu Hause auf einem hohen Thron Platz nimmt, zwischen Purpurvorhängen, die nach Verruchtheit riechen. Es kann auch sein, daß er an einem Küchentisch ein Glas leertrinkt und seine Narben zählt. Den wahren Sachverhalt kenne ich nicht.

Ich weiß noch einen. Eine schlacksige Mannsperson, auch mit einem Tonbandgerät. Die heisere Musik ist von Mozart. Er schlägt eine Decke um und faltet die Hände. Er wartet ab. Dann fällt er ein, er singt die Königin der Nacht, er singt sie mit hoher Stimme, er tut sein Bestes. Es klappt einigermaßen.

Ziemlich viele bleiben stehen und schauen ihm zu. Sie finden ihn verrückt. Sie ärgern sich, denn es sieht ganz danach aus, daß er für sich selbst singt und nicht für die anderen, das erregt Ärger. Ein Mann wirft eine leere Büchse in seine Richtung, ein anderer Mann sagt, daß es eine Schande ist, ein paar Jungen äffen ihn im Vorbeigehen nach. Der Sänger stört sich an nichts, er faltet wieder die Hände und blickt devot in die Ferne. Aber immerhin, vielleicht macht er dann doch einen Kniefall vor dem Publikum, denn die nächste Nummer ist eine Jodelnummer. Er jodelt. Das schafft er ganz gut.

Ich habe den jungen Mann oft auftreten sehen, ich habe ihn nie gesprochen. Du kannst dir eine solche Aufführung anschauen, du kannst in der Zeit auch eine Rheinreise machen und den Raubrittern zuwinken. Du kannst.

Manchmal möchte ich so einen gern sprechen, aber plötzlich will ich es bestimmt nicht. In dem Fall habe ich nur zu gehorchen. Manche Dinge müssen dann eben in Gottesnamen geheim bleiben.

Damengesang

Warum bin ich hier, in dieser munteren Kirche. Es wird ein Konzert gegeben, mit Chor, einem gemischten Chor. Das bedeutet, daß sich mit einem Male eine große Gruppe Damen und Herren in rauschender Abendtracht um den Altar scharen wird.

Na also, da sind sie. Pfui. Wenn ich mich auf die Damen beschränken darf: viel Zauberhexen und böse Feen, wenn es auch einige angenehme Ausnahmen gibt. Die meisten Damen haben sich mittels verwickelter Dauerwellchen noch häßlicher gemacht. Egal. Warte nur, bis sie zu singen beginnen. Aus Erfahrung weiß ich, daß etwas Sonderliches bevorsteht.

Was geht vor mit singenden Frauen. Die Zauberhexen werden blendend, wenn sie singen, sie werden Jahre jünger, ja, sie verwandeln sich in Engel, ich sage es laut. Sie singen. Manche halten ihr Textbuch ungestüm fest: die Ellbogen etwas vom Rumpf, die Arme leise wiegend nach vorn. Anmut also. Schönheit. Es gibt kein Entrinnen.

Was ist denn nur Schönheit.

Bei diesem oder jenem singenden Engel habe ich wirklich schon mal einen Flügel erscheinen sehen. Ganz eben. Es heißt, daß das nicht sein kann, also wird es wohl nicht wahr sein, das mit den Flügeln. Damengesang: paß doch auf, laß dich am Mast festbinden. Ich gebe nachher ein Beispiel.

Und die Männer? Nichts. Mit denen passiert gar nichts. Die älteren Herren will ich wohl ihres Einsatzes wegen bewundern, aber ich kenne ihren Lebenslauf noch nicht, folglich mißtraue ich ihnen, mit Verlaub. Es ist nämlich bekannt, daß böse Menschen durchaus Lieder haben.

Die jüngeren Herren sind noch nicht in der Lage gewesen, böse zu werden. Das kommt noch. Vorläufig sind sie zu dick und singen schön.

Hier folgt das versprochene Damenbeispiel. Da steht sie: strenge Brille, strenges Haar, strenger Mund, alles streng und abweisend. Aber was findet hier statt, sie singt und glänzt, sie schwebt und wirkt. Vielleicht hat sie zu Hause soeben die Katze in Brand gesteckt oder ihr Töchterchen gegeißelt, das scheint in diesem Land schon mal zu passieren, man macht sich Sorgen darüber. Aber hier hat sie die Fittiche der Heiligkeit.

Ich merke, daß ich übermütig werde, aber das macht nichts, wenn sie nachher aufhören, ist es vorbei. Aber es ist noch nicht vorbei, es plätschert und wirbelt. Der nahezu zärtliche Blick kurz vor einem neuen Einsatz, die Augenbrauen etwas hochgezogen, den Kopf ein wenig schräg, ein leichtes Lächeln: dies sind keine normalen Sterblichen. Hier wird gesungen.

Da wird gefragt, was Schönheit eigentlich ist.

Ihre Männer, ihre Väter waren in Uniform, wenn ich mich recht erinnere. Das ist ihnen nicht übelzunehmen, aber sie schrieen so dabei. Außerdem konnten sie nicht schwimmen. Wir hatten dafür seinerzeit große Verachtung. Verachtung, die in heimlichen Respekt umschlug, als die breithüftigen jungen Männer gezwungen wurden, ins Wasser zu springen, ob sie die Schwimmkunst beherrschten oder nicht. Und das taten sie, wie gesagt, in großer Zahl nicht.

Leider ersoff kein einziger. Durchaus den Sitten jener Jahre entsprechend hofften wir das feurig. Der Unteroffizier vom Dienst zog ab und zu einen aus dem Wasser, wenn es zu schlimm wurde. Eigentlich gefiel uns dieses harte Rannehmen wohl, aber sowas sagte man nicht. Später erst. Alles später.

Sie kamen gruppenweise ins Schwimmbad. Grund, das Wasser sofort zu verlassen, das Wasser war verseucht. Der Feind. Maskierte Männer waren es. Sie hatten ihr Gesicht ausgeliehen, sie hatten kein Gesicht mehr, das kam später wieder. Alles später. Ich werde darauf achten. Hier stehen vielleicht welche, sie singen, sie sind unerkennbar. Da ist nichts mehr an ihnen zu sehen. Es ist weggewachsen. Leider ist nicht bekannt, ob ich das bedaure oder nicht.

So, das Konzert ist gelaufen. Alles ist wieder normal. Die Zauberhexen sind wieder Zauberhexen, die Engel sind, bis auf einzelne Ausnahmen, von dannen. Ein Glück. Schönheit ist manchmal nicht beizukommen, besser du hast nichts damit zu schaffen.

Ich muß an ein Buch denken, das ich gerade gelesen habe (warum liest du immer wieder solche Bücher, was suchst du eigentlich): »Als ich Deutsche war 1934–1945«, geschrieben von Christabel Bielenberg. Sie erzählt von einem weiblichen Kapo im Konzentrationslager Ravensbrück, immer mit Peitsche, Stiefeln und einer großen Klappe. Und dann, am Heiligen Abend, singt ein Chor von Gefangenen herrliche Weihnachtslieder. Große Rührung. Hörst du die prachtvolle Stimme, die alles übertönt? Ja? Das ist das Weib, dieser Kapo. »Sie hatte eine große, schöne Stimme, fast wie ein Engel.«

Sollte gefragt werden, was Schönheit ist, sag dann nur, du hättest die Frage nicht gehört.

Ich stehe wieder auf der Straße. Es ist die völlig aus den Angeln geratene Kurfürstenstraße (nicht zu verwechseln mit dem Kurfürstendamm). Sie verläuft vom Tiergarten, dem Zoo, zur Potsdamer Straße. Eine häßliche Straße mit ein paar schönen Augenblicken. Theodor Fontane nennt die Kurfürstenstraße in »Irrungen, Wirrungen« (1888) einen kleinen Landweg, mit hier und da einer Bank für Bettler und Verliebte, denn die saßen damals noch auf einer Bank.

Jetzt steht dort ein frischgewaschenes Haus neben dem anderen. Hotels und Geschäfte. Aber auch die erwähnte Neokirche, und vereinzelte Herrschaftshäuser, Reste also. Und noch immer breite, sprechende Lücken, kannst du dein Auto hinstellen. Abends stehen da Damen für Herren. Eine verwundete Straße. Hier wurde Walter Benjamin geboren, Max Planck hat da gewohnt, in Nummer 87 war das

Generalkommando der Wehrmacht, und Eichmann saß in Nummer 116 in seinem Gewebe. Es ist nichts mehr davon übrig. Es ist nie mehr was da. Nummer 58 ist eine blanke, herrschaftliche Villa. 1920 hat Henny Porten dieses Haus gekauft, ein deutscher Filmstar aus den 20er und 30er Jahren. Kein Vamp, einfach eine Frau. Auf Bildern steht sie oft neben einem netten Pferd und starrt in die Ferne. Die Villa ist seit 1978 das Café EinStein, beliebt wegen seines wohlabgestimmten Interieurs (Marmor, Spiegel, Palmen) und seiner Salate. Es ist ruhig dort, man könnte sagen, wie geschaffen für ältere Leute, aber da sitzt lauter studierendes und künstlerisches Volk. Wenn schönes Wetter ist, darf man auch im Garten sitzen. Also.

Das ist die Kurfürstenstraße. Sehr anstrengende Straße.

Orte

Wenn ich mein Haus verlasse und nach links abbiege, komme ich an einem kleinen Buchladen vorbei. Wenn man nach einem Buch fragt, geraten die vier oder fünf (ich bin noch immer nicht dahinter) betagten Damen völlig außer sich. Sie laufen einander rufend und fragend vor die Füße, wühlen in Kisten und Kasten, suchen sich, alle vier oder fünf, halbtot. Nein, nicht gefunden. Was jetzt. Könnten Sie das betreffende Buch für mich bestellen. Wieder von vorn. Oh ja, oh, wo ist das Aufschreibebuch, wo ist das Buch denn nur, weißt du, wo das Buch ist, ich habe keinen Bleistift. Wie soll das bloß ausgehen.

Ein paar Meter weiter steht ein Eckhaus, das bis vor kurzem im Baugerüst stand. Ganz normal, ein Haus. Kann vorkommen. Aber wenn man so das eine oder andere liest und notiert, erweist sich das normale Haus zufällig als eben das Haus, in dem die Rote Kapelle im Krieg einen Sender hatte. Von denen, die nicht wissen, was die Rote Kapelle war, verabschiede ich mich hiermit herzlich.

So ein Haus ist *ein Ort*. Monatelang kommt man an so einem Haus vorbei, kein übles Haus, nicht wahr, und dann auf einmal ist es ein Ort. Schade. Schön.

Anderswo in Berlin. Ein großer Haufen Sand. Ja,

was ist mit diesem großen Haufen Sand. Ach, nichts, nur stand an diesem Ort zufällig das stattliche Gebäude der Gestapo, das wollte ich nur eben sagen. Heute führt da ganz nah *die Mauer* entlang. Und gleich hinter der Mauer, drüben also, steht mit geschlossenen Augen ein Nazibau, ein Überbleibsel vom Reichsluftfahrtministerium. In dem Gestapogebäude gingen Menschen ein und aus, Funktionäre und sonstige, wahrscheinlich waren das normale Menschen.

Berlin ist eine unbekümmerte Stadt, die nicht wankt noch weicht.

Hier, wo Müll liegt und Unkraut wächst, stand das prächtige Gebäude des Volksgerichtshofs, wo Nazirichter Roland Freisler die Angeklagten anschnauzte und begierig zum Tode verurteilte. Ihm fiel am Ende des Krieges bei einem Bombenangriff ein Balken aufs Dach, tot. Gerechtigkeit. Spürnasen haben herausgefunden, daß er vor '33 eifriger Kommunist war, ich weiß nicht mehr wo, Kassel glaube ich, ich habe mein unheimliches Archiv nicht zur Hand.

Und in diesem Hotel wurden Dimitroff und seine Gefährten verhaftet, wegen des Reichstagsbrandes (27./28. Februar '33). Der Reichstagsbrand-Prozeß fand in Leipzig statt, heute DDR. Der Gerichtssaal ist zu besichtigen, alles wurde rekonstruiert. Da saßen die Richter, da saß der Held Dimitroff, da stand der dicke Göring und schimpfte, da saß der und der. Marinus van der Lubbe wird kaum Beachtung geschenkt. Er war kein Parteikommunist, also ein Wirrkopf, nicht wichtig.

Zurück nach Berlin. Eine Stadt voller Brandmauern. Ich kann nicht halbwegs erzählen, wie schön diese Brandmauern sind.

Hier, die überwucherten Straßenbahnschienen, die unter *der Mauer* durchgehen, kamen zehn Meter weiter auf dem Potsdamer Platz heraus, einst Europas verkehrsreichster Platz. Wenn du über die Mauer schaust, siehst du drüben den Potsdamer Platz von heute: eine leere Fläche. Absperrungen und Kaninchen. Und der Buckel da links in diesem kleinen Feld, da war Hitlers Bunker. Da stand die Reichskanzlei, jetzt ein Buckel mit Gras.

Eine Stadt voller Fallen. Man wähnt sich.

Dieser schweigsame Weg. Auf der einen Seite liegen in der Tiefe die Gleise einer Kleinbahn, auf der anderen Seite stehen neben ein paar Schrebergärtchen alte Backsteingebäude mit pseudobarockem Giebel. War ganz früher eine Kaserne. Jetzt ist eine Baufirma drin. Die Keller dieses Gebäudes waren die Vorläufer der deutschen Konzentrationslager. Nach dem Reichstagsbrand wurden dort die politischen Gegner von der SA zusammengeschlagen. Du kannst, wenn du willst, durch die Fenster nach drinnen sehen. Du kannst auch daran vorbeigehen, von nichts wissen, so tun, als ob nichts wäre. Als ob es nur ein Gebäude wäre, kein Ort. Und in diesen Straßen, Friedrichstraße und Wilhelmstraße. Ja, diese

Straßen, was da nicht alles geschehen ist. »Früher sehr gemütliche Straßen, ach mein Herr, überall kleine Kapellen, manchmal auch nur eine Harmonika, nette Läden, ach mein Herr, war das hier gemütlich.«

Jetzt ist es so ungemütlich, daß es wieder schön ist. *Die Mauer* steht rechtwinklig zu den beiden Straßen und schneidet sie heftig mittendurch. Es fehlen diesen Straßen einige Zähne und der Rest ist auch nicht viel wert.

Vor einigen Jahren geriet mir ein merkwürdiges Buch in die Hände: »Berlin im Todeskampf 1945 (Französische Freiwillige der Waffen-SS als letzte Verteidiger der Reichskanzlei)«. Der Autor ist ein Franzose, Jean Mabire. Er hat große Bewunderung für die Herren Freiwilligen. Ein »verkehrtes« Buch also, das zu lesen sich nicht gehört. Wer liest denn schon solche Bücher. Ich also. Ich will das eine oder andere über den ohrenbetäubenden Mitmenschen wissen.

Denn was stellt sich heraus? Daß Berlin, Hauptstadt des Dritten Reiches, bis zur letzten Minute fanatisch verteidigt wurde von einer Handvoll (vor allem) französischer Freiwilliger, 300 Mann. Auch Norweger, Dänen und Niederländer durften mitmachen, aber es waren hauptsächlich Franzosen. Diese meist sehr jungen Freiwilligen mußten entgeistert feststellen, daß so mancher deutsche Offizier, mit dazugehörigem Soldatenvolk, in Keller und Bunker liegend apathisch auf den unvermeidlichen Feind wartete. Sie wollten gern lebend nach Hause.

Die Franzosen nicht, die kämpften um jedes Haus, um jedes Zimmer. Gerade in der Friedrichstraße und Wilhelmstraße. Französische Freiwillige, die einen teuren Eid geschworen hatten: In Treue und Tapferkeit bis zum Tod.

Eine Laune der Geschichte und nur wenige Berliner wissen davon.

Der Autor hat zum Glück ein paar Überlebende gesprochen, er erzählt in seinem Buch, wie es ihnen geht. Dreißig Mann hatten diese letzten Wochen überlebt und sind nun fast 40 Jahre älter. Einer von ihnen, ihm fehlt ein Auge, ist Benediktinermönch geworden. Er sagt, daß er viel für seine Kameraden betet.

Und auf diesem Platz war am 10. Mai '33 die Bücherverbrennung. In diesem Haus arbeitete Carl von Ossietzky, da, in dieser stillen Straße wohnte Stauffenberg, und in diesem geheimnisvollen Landhaus, das mit den Säulen, wurde die Wannsee-Konferenz abgehalten, eine Villa mit herrlichem Blick über den Wannsee.

Und so kenne ich noch viele, viele machtlose Orte. Warum sollte ich sie alle aufzählen. Ehe ich mich versehe, bin ich ein unbezahlbarer, aber jämmerlicher Fremdenführer.

Es ist ein seltsames Dasein in einer Stadt voller Menschen und Mauern mit Kugellöchern.

Nebel

Ich war mit der Bahn unterwegs in den Harz. Es saß ein alter Mann mir gegenüber, sonst war keiner da. Auf einmal sagte er: Wien ist schöner als Berlin. Die Donau ist schöner als der Rhein. Obwohl der Rhein auch sehr schön ist. Sehr schön.

Aber sicher.

Der Mann schloß die Augen und schwieg eine halbe Stunde. Dann sagte er: Der größte Dramatiker war Shakespeare. Obwohl der uralt ist.

Dann schwieg er ganz lange, bestimmt anderthalb Stunden. Danach sagte er: Als Dichter lieb' ich den Heine. Wegen seiner Frechheit.

Weiter hat er nichts gesagt. Die Bahnfahrt dauerte drei Stunden. Man hatte mich gewarnt. Ha, eine Reise in den Harz. Sehr schmutzige Luft. Viel Schwefel. Die Leute im Harz sollten lieber nichts aus ihrem eigenen Garten essen, davon wird ihnen abgeraten. Gift. Fahr ruhig hin.

Auf dem Bahnhof in Bad Harzburg stehen drei riesige Räder, von einer alten Eisenbahn. Schöne Räder.

Im Krieg ist hier nicht gekämpft worden, hier sind keine Bomben gefallen, benachbarte Städte wie Braunschweig und Hannover wurden völlig zerbombt, aber Bad Harzburg nicht. Nur die lebenden

Reste von Blutbädern anderswo kamen hierher, Bad Harzburg war ein Lazarettstädtchen. Mein Hotel lag im Krieg voll von Verwundeten. Hier wurden sie wiederhergestellt, sie konnten ihre Arme und Beine wieder bewegen, sie nahmen herzlich Abschied von den Ärzten und den lieben Schwestern, und dann gingen sie an die Front, wo sie doch noch fallen konnten, wenn sie das wollten.

Auch hier die von mir so geschätzten Parks. Was fast noch schöner ist als ein Park, ist ein nasser Park.

Wie ist es im Harz. Herrlich. Ich habe mir ein Blasorchester von hinten angesehen. Zerbrechliche alte Männer mit Genicken. Weiter sieht man blasende Rücken und Unterschenkel mit Schuhen. Die Oberschenkel sind versteckt, darauf sitzen sie. Bei dem einen oder anderen stampft der Fuß vorsichtig im Takt der Musik mit. An dem Fuß steckte früher ein Stiefel. Sie könnten mir viel erzählen, die Männer. Ich habe sie nichts gefragt. Es geht mich nicht immer etwas an.

Bin durch tiefe, dichte Wälder gewandert, meist in einem steinalten Nebel, hoch wo die Burgen waren, die schon im Mittelalter von bösen Bauern zerstört wurden. Ich gehe auf Pfaden, wo links und rechts die Bäume aufständisch hinauf- und hinuntersteigen. Denk nur nicht, daß die Bäume ihre Hände falten vor dem Schlafengehen.

Zwischen den Bäumen liegen große Steine und große Baumstümpfe, alles groß und habsüchtig.

Stunden kannst du wandern, ohne etwas Menschlichem zu begegnen, und wenn du jemandem begegnest, ist es nicht schlimm: man grüßt, man geht seines Weges. Aber plötzlich kommen zwei Spaziergänger lebhaft redend aus einem Seitenweg, sie wollen in meine Richtung, sie gehen dicht hinter oder vor mir, das ist unangenehm. Warten oder den Schritt beschleunigen. Bis ich wieder allein bin, ich will der Einzige sein in diesem handfesten Wald.

Vor elf Jahren, an einem Tag im November, geisterte ein bösartiger Sturm durch die Landschaft, er hat mit wütenden Backen geblasen, hier blieb er genau so lange, bis alle Bäume auf dem Boden lagen, dort ging er vorbei, diese Bäume durften stehen bleiben. Es ist noch zu sehen, wo es ihm gefiel, die Baumwurzeln liegen kreuz und quer, ein Ungeheuer ließ sein Spielzeug herumliegen.

Ab und zu hört man einen gewaltigen Knall, der noch ein Weilchen durch die Berge taumelt, es ist kein Warnschuß, die Scharmützel haben noch nicht begonnen. Es ist ein Granitwerk, das den Bergen wieder einen Steinblock weggenommen hat.

Es sind viele alte Leute im Hotel. Viel Tacken von Stöcken. Sie schlurfen an meiner Veranda vorbei. Solche Gespräche höre ich: Wie geht es Ihnen. Ach, es geht schon wieder, ich war linksseitig gelähmt. Und wie geht es dem und dem. Ach, *sie* hatte einen Herzanfall und *er* ist mit seinem Fernseher in die Luft geflogen.

Oder ich höre auf einmal den Satz: Seine beiden Beine sind noch in Ordnung.

Oder das folgende Zwiegespräch zwischen zwei alten Damen.

Als ich gestern in Braunschweig war...

Das hast du nicht gesagt, daß du in Braunschweig warst.

Doch, hab ich dir gesagt.

Nein, hast du nicht.

Doch.

Nein.

All die Gesichter hier, und dann minus vierzig Jahre, es ist vergebliche Mühe. Du gehst von einem zum andern, es gelingt nicht.

Ferner sehe ich mich genötigt, zu erzählen, daß ich eine Spinne gesehen habe, die einen Sprung machte. Ich habe gelesen, daß Spinnen ganz behutsam vorgehen, wenn sie eine Wespe in ihrem Netz haben, sie haben Angst, gestochen zu werden. Wenn sie doch in eines ihrer Beine gestochen werden, versuchen sie, dieses Bein so schnell wie möglich loszuwerden, bevor das Gift in ihren Körper kommt. Wenn sie das Bein los sind, machen sie sich wieder auf den Weg. Das können Menschen nicht. Doch habe ich schon mal eine Wespe in meinem Netz gehabt.

Was ich nicht gesehen habe, sind Alleen. Die seh ich gern, aber ich habe sie nicht gesehen, die Alleen.

Da kam ein vier-, fünfjähriger Junge knurrend durch die Ladenstraße gerannt, seine Mutter lief rufend hinter ihm her, aber der Junge war viel schneller, die Mutter war zu dick, um ihn einzuholen, er sauste kurz vor meiner Nase auf ein altes Ehepaar los, der Mann ging auf Krücken, der Junge begrub sein Gesicht im Oberschenkel des Mannes und biß, ich sah seine Zähne, der Mann rief Aua, es kostete ihn Mühe, nicht umzufallen. Die Mutter kam keuchend dazu: Entschuldigung, sagte sie, Entschuldigung, er spielt Hund.

Der Junge war schon wieder weg, die Mutter rief seinen Namen, ich hörte den Jungen in der Ferne bellen.

Auch noch kurz im Museum von Braunschweig gewesen. Da gibt es einen der schönsten Rembrandts, die ich kenne, das »Familienbild«, freches Geschmiere und Geklecks mit Farbe, ich kann es nicht anders sagen, auch sah ich das Selbstbildnis von Lucas van Leyden und das angebliche Selbstbildnis von Giorgione. Aber dazu will ich weiter nichts sagen. Hier stockt das Gespräch.

Soweit die alltäglichen Dinge im Harz, Dinge, die des Vermeldens kaum wert sind, die aber ständig versuchen, meine Hand zu fassen.

Vor dem Krieg

Ein wunderliches Volk, Engländer. Entweder sie schmeißen einen mit ihren besoffenen Köppen von der Fußballtribüne oder sie behandeln einen, als ob man ein Marzipanprinz aus dem Märchen sei. Sehr viel thank you. Manchmal bedanken sie sich fürs Bedanken, und das kann lang dauern. Thank you very much. O, thank you. Eben mal Schopenhauer zitieren: »Höflichkeit ist wie ein Luftkissen: es mag wohl nichts drin sein, aber sie mildert die Stöße des Lebens.«

Als ich in diesem unvermuteten Land bin, nehme ich mir sofort vor, eine eingehendere Studie der englischen Kultur zu machen. Ich weiß zwar etwas davon, aber zu wenig nach meinem Sinn, man wird von dem deutschen Gedöns völlig verschluckt und das ist nicht meine Schuld. Aber ein Menschenleben ist schon so kurz, leider muß man sich diesem und jenem verschließen. Glaubst du, daß ich mich zum Beispiel nicht in asiatische Kunst vertiefen möchte. Davon weiß ich gar nichts und das muß leider so bleiben. Ich sehe sie mir gern an und lasse es bei meiner Unwissenheit bewenden.

Die merkwürdigsten Bekanntschaften kann man hier machen. Ich befand mich vor einigen Jahren auf den Hebriden, auf einer atemberaubenden Ebene, nichts als Horizont, kein Hirngespinst weit und breit, aber da war plötzlich ein Mann, das Gespräch kam kurz auf den Krieg und es endete rasch mit dem tieftraurigen Satz: A frontsoldier is a good soldier. Ein Händedruck, nie mehr gesehen. Ist das denn nötig?

Es gibt hier vieles von vor dem Krieg. Sehr viel Vorkriegsmenschen mit Vorkriegsattributen. Vorkriegsmöwen auch. Sogar ein paar Vorkriegsdamenbeine gesehen, die sind durchlauchtig rund. Man sperrt hier Mund und Nase auf. Lassen wir uns laben von den Resten, es gibt nur noch so wenig Trost für die Augen, das weißt du ja auch.

England ist ein Land, in dem einem alles mögliche wieder einfällt. Ach ja, das gab es bei uns auch, warum ist das in Holland auf heimliche, wenn nicht gar heimtückische Weise verschwunden. Viel zuviel ist weggetan worden. Gewisse Törchen und Zäune. Eine Gartenbank. Ein Strauch. Namensschilder. Buchstaben. Fassaden. Männer, die sich ein Taschentuch mit vier geknoteten Zipfeln auf den Kopf legen, gegen die Sonne. Gibts nicht mehr bei uns. Damen, die noch richtig auf einem Rasen sitzen können: die Beinchen geradeaus nach vorn. Stundenlang. Kommt bei uns nicht mehr vor. Ja, das sind Überbleibsel.

No smoking please (unless you absolutely *must*). Engländer kann man belächeln. Deutsche nie. Die betrachtet man mit Abscheu, mit Bewunderung, mit Liebe auch, aber lächeln, nein. Mussolini, auch so einer. Wenn man den im Film sieht, kann man sich beinahe nicht halten vor Lachen. Aber so etwas wie Hitler, darüber lacht man nicht. Eine Erscheinung wie Hitler ist nicht lachhaft. Obwohl, ganz kurz: der Satz, den er einst zu Speer sagte, »Ich weiß nicht, ich bin kolossal human«, ist fast witzig zu nennen. Lach aber nicht zu lang darüber.

Was mir unbedingt gefällt in England: die Landsitze, die Landhäuser, die countryhouses. Der National Trust besitzt viele, man kann sie besuchen. Zum Glück sind es keine Ruhesitze für Bandenmitglieder, keine Tagungsorte oder Büros, die das Ganze unweigerlich mit elendem Neonlicht verunzieren. Nein, man kann sie besuchen. Obwohl man sich immer ein bißchen wie ein Gaffer vorkommt (daran ist nichts zu ändern), es bleibt eigenartig, sich bei anderen anzusehen, wie sie lebten und leben. Vor allem, wenn man, sonntags zum Beispiel, mit vielen anderen zusammen hingeht, Familien mit heulendem Gesocks. Beschämend ist es, anderleuts Gemälde und Betten mit den Augen zu verschlingen. Aber man gewöhnt sich daran.

Was es so alles zu sehen gibt: die Halle und das Treppenhaus, je imposanter, je schöner, so kann man wenigstens seinen Gästen entgegentreten; würdig proportionierte Wohn- und Schlafgemächer; die behagliche library, für mich immer wieder ein Höhepunkt, wenn man in einem solchen Raum keine gelehrte Person wird, dann weiß ich es auch nicht; die großartigen Küchen, die Ställe. Was einem alles begegnet: ein flüchtendes Pferd, ein erschrockenes Bäumchen, ein Pfau, den es hinterm rechten Ohr juckt, man kann nicht alles erzählen. Der knurrige Turmwächter, ein Grüppchen ausgelassener Pagen, Rupert Bear in höchsteigener Person? Nein, die Zeiten sind vorbei. Und nicht zu vergessen: various militaria. Vor allem das: various militaria.

Und in jedem Raum eine vornehme Dame oder ein vornehmer Herr, als Aufpasser, daß der Pöbel mit seinen Pfoten von all den schönen Sachen bleibt. Sehr vornehme Exemplare. »Wenn Ihnen im Katalog etwas nicht klar ist, fragen Sie.«

»Ja, werde ich machen, thank you.«

»Thank you very much.«

In einem der bedrooms fragte mich der dort anwesende Herr, aus welchem Land ich komme. Ich kam aus Holland. O, Holland. Er dachte schnell nach und sagte dann in einem dämmrigen Holländisch: »Wie gehts dir denn heute, Jung«. Dann zog er mich am rechten Arm und gab mir mit der anderen Hand einen Stoß auf die Milz. Hahaha, das ist gut, er lachte, er lachte und sagte: »How do you like that!« Ja, dieser bejahrte Lausejunge war ein Jahr in Südafrika gewesen, diesen einen Satz hatte er behalten. Noch viel Spaß in England. Thank you. Thank you very much.

Ich kann sie mir stundenlang ansehen, diese leider aussterbenden Exemplare. Ich mag sie, und nicht zuletzt, weil diese Sorte keinen Lärm macht. Machen einem keinen Ärger.

Ich hatte so eine Tante. Sehr einfacher Herkunft, aber durch und durch *anständig* und ordentlich. Sie tat nicht als ob, nein, sie war es. Sie hatte eine saubere Handschrift und war immer gut aufgelegt. Wenn es regnete, versuchte sie, uns mit ihrem Rätselheft zu unterhalten. Außerdem trug sie bei schönem Wetter ein Mohnblumenkleid, das mich froh stimmte. Sie konnte auch summen. In England haben sie solche Damen in Hülle und Fülle und das berührt einen angenehm.

Landsitze haben immer schöne Bäume bei sich, darauf kannst du dich verlassen. Und oft kleine Gräber von Haustieren, das Personal wird wohl andernorts ruhen. Es gibt keine Trage-Musik, keine Absaugapparatur, nichts. Stille. Man möchte der Stille fast zujubeln, aber das ist nicht Sinn der Sache. Wolken aus dem siebzehnten Jahrhundert. Da und dort ein Herr mit einem ungemein kecken Gesicht. Man wähnt sich hier beinahe in Sicherheit. In Deutschland kann ein einfaches Bürohäuschen bei einem Spielplatz schon unheilvoll wirken, es erinnert an irgend etwas.

Der erste Besuch eines solchen Landhauses ist richtig schön, schönes Haus, nicht wahr, schöne Aussicht, schönes Land, aber dann hast du die Bescherung, dann hat es dich gepackt. Jedes Haus ist anders, jeder Besuch ist wie ein Abenteuer. Ich bin ein Vielfraß, ich möchte sie alle sehen. Ich wünschte, ich hätte Zeit. Gib mir ein Jahr, um sie alle zu besichtigen. Übernachten in altmodischen, verfallenen Hotels, so einsam wie irgend möglich, viel schreiben und zur Strafe nicht malen. Und sich darüber im klaren sein, daß wir heutzutage wie ein Haufen Barbaren leben, ein Haufen kochfertiges Lumpenpack.

Schuldige Landschaft

Kurz in England gewesen, in Norfolk. Norfolk liegt an der Ostküste von England, es ist ein Teil des Bauches oberhalb von London, da hat die Küstenlinie einen regelrechten Bauch. Der nördliche Teil davon ist Norfolk. Weiter unten liegt Suffolk, die Gegend, wo John Constable gemalt hat, aber darum geht es heute nicht. Es geht um Norfolk.

Ich war noch nie in Norfolk gewesen. In Devon war ich und in Schottland, aber noch nie in Norfolk. Ich wohnte bei Freunden, in dem Flecken Little S. Viel Fußball gespielt mit den kleinen Söhnen und sie angefeuert, mit mir in brechreiz- und schwindelerregenden Kirmesattraktionen Platz zu nehmen, irgendwo an der Küste. Für einen älteren Herrn allein sieht das ziemlich komisch aus, ich mag Kirmes nämlich so gern, mir wird nicht schlecht und schwindelig: fröhliche Überbleibsel aus der Vergangenheit eines kleinen Strolchs.

Aber darum geht es auch nicht.

Laß dir nicht weismachen, daß es hier in Norfolk wie in Holland ist. Hier gibt es mehr Raum, mehr Stille, mehr ratlose Bäume. Bäume, die wie Vogelscheuchen im Land stehen, die abwehren oder sich keinen Rat mehr wissen, ich kann nicht dahinterkommen. Welliges Land. Die schönste Aussicht, die es geben kann: welliges Land. Freue mich sehr über die Landschaft hier.

Die Ruhe, die offenherzige Ruhe. Kein Feind weit und breit. Nichts zu hören. Keine Autobahn in der Nähe, nur Landstraßen, viel Landstraßen. Keine Eisenbahn, nichts. Bloß ab und zu, ganz hoch, ein ruhiges Flugzeug. Das ist gestattet, das gehört zu einem Sommernachmittag. Eines ohne Bomben bitte.

Und doch. Was sind das für Asphaltfetzen zwischen den Kornfeldern, diese großen, grauen Schlangen in der Landschaft? Das sind die rissigen Startbahnen von ehemaligen Flugplätzen. Schuldige Landschaft. Die Hangars stehen noch, mit ihren drohenden Schiebetüren und den Mannschaftsunterkünften. Hier starteten die Bomber nach Deutschland. War das nicht dein eigener Feind? War das seinerzeit meine himmlische Musik?

Was ist eine schuldige Landschaft.

Für die Unwissenden, die viel zu vielen: Armando hat Anfang der siebziger Jahre angefangen, Bildfolgen und Zeichnungen zu machen, die er »Schuldige Landschaft« nannte. Schuldige Landschaft nannte er eine Landschaft, *die Geschehen sah*, denn in Landschaften, in der herrlichen Natur, finden oft die grausigsten Aufführungen statt. Schlachten. Meuchelmorde. Mann gegen Mann. Bau und Instandhaltung von Lagern. Baracken. Orte zum Quälen wehrloser Geschöpfe.

Die besagte Landschaft hat sich nie darum gekümmert, ist sogar so schamlos gewesen, einfach weiterzuwachsen, es ist eine Schande, ich werde nie aufhören können, davon zu reden. Die Konfrontation Natur–Kultur ist ein unbarmherziges Geschehen, geht mit Pein einher, glaub mir das.

Jaja, ich weiß wohl, es ist sinnlos, die Natur *schuldig* zu nennen, aber Kunst ist auch sinnlos, darum ist Kunst so unentbehrlich. Und gewissenlos. Sinngebung des Sinnlosen. Schuldige Landschaft also. Schade, daß es dir entgangen ist. Arthur, den Bauernknecht, gefragt, der hat im Krieg auf dem Flugplatz in Little S. arbeiten dürfen, er mußte das Gras mähen.

»He had a rough war«, sagt man von Arthur.

»Wieso?«

»Na, der hatte zwei Freundinnen zu der Zeit.«

Arthur erzählt, daß jeden Tag dreißig Bomber, Lancasters, starteten, um vier Uhr nachmittags, to do their job. Halb zwölf waren sie wieder zurück. Ganz selten alle, meistens nicht. Bei manchen Flugzeugen war es wirklich ein Wunder, daß sie zurückkamen, angeschossen wie sie waren. Die Männer kamen oft schwerverwundet heraus, manchmal tot. Nein, es war kein Vergnügen. Sein bester Freund, ein Pilot, ist hier ganz in der Nähe abgestürzt, er war dabei, wie sie ihn ausgegraben haben. Immer viel Bier mit ihm getrunken, o boy, could he drink beer. Die Jungs tranken auch, kurz bevor sie abflogen. Sie gaben all ihr Geld aus, sie wußten ja nicht, ob sie zurückkommen würden.

Doch schade, daß es vorbei war. Nach dem Krieg wurde es wieder ein ruhiges Dörfchen, ein paar Häuser nur, ein paar Familien. Es war so gemütlich mit all dem Betrieb, es gab zwei Kneipen, und sogar ein Kino. Viele Filme gesehen damals. Jetzt nie mehr. Und sie kommen noch immer hierher, die Männer, Erinnerungen auffrischen. Vorige Woche noch einen gesprochen. Neulich ist hier eine Frau aus Wales begraben worden, wollte bei unserer kleinen Kirche begraben werden, weil sie hier im Krieg als Schwester gearbeitet hat. So sprach Arthur, der Bauernknecht.

Habe mir das schüchterne Kirchlein angesehen, neben dem Dorf, am Rande des ehemaligen Flugplatzes. This church was used for worship by the Royal Air Force during 1944 and 1945. Schwarze Tafeln hängen da mit den Namen von gefallenen Fliegern. Viele Namen. Ein Buch liegt da, in das du deinen Namen schreiben kannst und deinen comment, wie du das Kirchlein findest. Da gibt es allerhand zu lesen, du. Natürlich oft peaceful, quiet oder lovely. Aber auch »wartime memories«: ach, ein Expilot. Eine herzzerreißende Geschichte von verlorener Jugend, verlorenen Freunden, davon, daß wir nie vergessen dürfen und daß *sie* noch hier sind. Aber ein anderer Veteran schreibt: Happy memories! Da sieht man mal wieder, wie verschieden Menschen die Vergangenheit bewältigen. Einer findet: a pretty little church, but awful carpets. Ein Amerikaner fragt: Can I buy it. Es ist dort so still wie nur was. Ganz ohne den Mitmenschen. Thy will be done.

Schnell auf die Suche gegangen nach einem Buchladen, in Cambridge, wer weiß. (Cambridge mit seinen Colleges, ein wunderschönes Städtchen, warum gibt es da eigentlich kein Museum mit ausgestopften Studenten.) Und wirklich gefunden, in drei Bänden: »Action Stations«, von Michael J. F. Bowyer. Band I brauchte ich, »East Anglia«. Und was las ich über den Flugplatz Little S.? Ihr letztes target war Berlin. Berlin. Wir sind wieder, wo wir waren.

Kopfschmerz

Schon wenige Jahre nach dem Krieg begab ich mich zum erstenmal nach Italien. Per Anhalter. Ich wollte unbedingt durch Deutschland. Weil ich die Lumpen auch mal aus der Nähe sehen wollte, das heißt ohne Uniform.

Ich war noch keine Minute über die Grenze, da hatte ich schon ein Erlebnis, das mich heftig schockte. Ich wage sogar, es eine der bedeutendsten Entdeckungen meines Lebens zu nennen. Ich entdeckte, daß sie reden konnten. *Der Feind konnte reden.*

Ich fragte oder sagte was, und ich erhielt auf normale Weise Antwort, der andere bewegte flüchtig die Lippen, wenn er redete, er sperrte den Mund nicht auf, er brüllte also nicht. Er redete. Da bleibt einem die Spucke weg.

Man mußte außerordentlich schnell trampen in der Zeit, denn man durfte nicht länger als drei oder vier Tage, genau weiß ich das nicht mehr, in einer von den Alliierten besetzten Zone bleiben. Man bekam einen *Durchreisesichtvermerk* und schon ging es weiter. Es gab noch wenig Autos, um so besser, denn ich hatte schon schnell begriffen, daß die Chance, mitgenommen zu werden, um so größer war, je weniger Autos vorbeikamen. Wenn auch manch einer durch unangenehme Kriegserinnerungen verhärtet war, so war man doch dem jungen, also unvermögenden Mitmenschen zugetan. Sie hatten von einem Anhalter noch keinen Schlag auf die Birne gekriegt. Das kam erst später. Als der Frieden in vollem Gange war.

So befand ich mich plötzlich in einem völlig zertrümmerten Köln. Die Kriegsverletzten standen in der Nähe des beschädigten Doms in Gruppen beieinander; ich frage mich, wo sind die geblieben. Es roch nach Brand und Braun.

Ich sprach in Köln mit einem Mann und wie sah dieser Mann aus. Ein langer Kerl mit kaputten Zähnen, zerlumpten Kleidern und verschlissenen hohen Schuhen ohne Schnürriemen. Wo kommst du her, fragte der Mann. Ich nannte den Ort in Holland. O, sagte der Mann, da bin ich noch Feldwebel geworden. So ein Zufall. Er lächelte.

Ich habe mich schnell verabschiedet, um nachzudenken.

Feldwebel. Weißt du, was das war, ein Feldwebel? Das war ein qualmender Mann. Das war eine große Schnauze. Es war hoch, mächtig, laut und gefährlich. Das Kasernengelände knarrte unter seinen hoffärtigen Füßen.

Und je weiter der Krieg fortschritt, je lauter brüllten sie. Und alle Soldaten übernahmen diesen Ton, sie konnten nicht mehr normal reden. Wie sie sich auch anstrengten, sie konnten es nicht. Sie konnten nur noch brüllen. Es war zum Verzweifeln.

Auch in Italien gab es damals noch viel Schmerz

und Trümmer, aber in den Städten gingen die Menschen dennoch schnittig gekleidet. Die schnittigen Herrenanzüge aus dem Italien der fünfziger Jahre sind, meiner Meinung nach, nicht zu übertreffen.

Und der Faschismus? Über den Faschismus wurde nicht mehr gesprochen. Trotz aller Gegenberichte ist meine Erfahrung, daß nach '45 in Deutschland viel mehr über den Nationalsozialismus sinniert wurde als in Italien über den Faschismus.

Ach, der Faschismus. Aus den dreißiger Jahren kann ich mich noch gut an die Gespräche hoch über mir erinnern. Italien? Ich wußte nicht mal, wo das lag. Weißt du, daß dein Vater Mussolini ähnlich sieht? Mussolini? War das nicht ein Mann mit einem Helm, der sein Kinn nach vorn zu klappen pflegte? Man sprach von einem markanten Kopf: »Du kannst sagen, was du willst, aber er hat einen markanten Kopf.«

Die Befürworter der faschistischen Regierung gebrauchten das dürftige Argument: Ja, aber die Züge fahren in Italien wenigstens pünktlich. Zu Recht Hohngelächter von links. Als ob das fahrplanmäßige Fahren von Zügen wichtiger wäre, als was es sonst noch so gibt. Aber keine der beiden Parteien kam auf den Gedanken, daß es eigentlich traurig ist, daß viel zu viele Menschen so ein brüllendes Mißgebilde wie Mussolini nötig haben, um ihre Arbeit zu tun, wie es sich gehört. Frag nur jeden beliebigen Fußballspieler. Er muß *motiviert* werden. Er hält einen Trainer, der die Spieler nicht motivieren kann, für einen untauglichen Trainer.

In jenen Jahren wurde ein Buch von Emil Ludwig viel gelesen und besprochen: »Gespräche mit Mussolini«. Emil Ludwig war ein Schreiber von allzu lesbaren Biographien. Auch von Emil Ludwig läßt sich wieder alles mögliche erzählen. Harry Graf Kessler notierte in seinen »Tagebüchern« über Ludwig: »Äußerst affektiert, immer auf den Fußspitzen gehend, um größer zu erscheinen, als er ist, keinen Augenblick unbefangen und natürlich. Der typische kleine Literat, von Neid und Impotenz verbogen.« Aber so etwas zu zitieren kommt mir nicht gerade nett vor.

Ludwigs Bücher wurden von den Nazis verbrannt, weil er ein Jude war. Er ist rechtzeitig Schweizer geworden und 1948 in Ascona gestorben, und über Ascona gibt es auch eine Menge zu quatschen, aber das tu ich nicht.

Die Hauptperson aus dem erwähnten Buch von Ludwig – sie sprachen gern über Nietzsche, den sie beide liebten – versuchte im April '45 mit einer Kolonne der deutschen Wehrmacht über die Grenze zu fliehen. Die Gruppe wurde von Partisanen angehalten. Mussolini trug einen deutschen Soldatenmantel und hatte sich hinten in einem Wehrmachtswagen versteckt. Am 28. April abends um 11 Uhr baumelten seine Leiche und die seiner Freundin Claretta Petacci am Dach einer Tankstelle auf dem Piazzale Loreto in Mailand, einem kleinen Platz, nicht weit von dem kolossalen Bahnhof. Ich habe da vor Jahren mal Aufschnitt gekauft und es war natürlich ein friedlicher kleiner Platz, was denn sonst. Ich hatte ihn schwer im Verdacht, daß er sich verwandelt hat. Wie so vieles. Ohne etwas zu sagen.

Aber all das Geschrei und Gehöhne von früher ändert nichts daran, daß ich jetzt hier bin, eine Spur älter. Ich habe sofort die Gelegenheit benutzt, Rom wieder kurz anzufassen. Ich liebe das ockerfarbene Rom. Um so mehr als alles, was in Rom mit Architektur zu tun hat, kühn und verwegen ist. Kühn und verwegen: so soll Kunst doch sein. Rom: da kannst du dir als Künstler eine Menge Mut herholen.

Und, sage ich mir immer, geh ruhig zum soundsovielten Mal zur Sixtinischen Kapelle. Achte, wenn möglich, nicht auf das folgsame Fußvolk, sondern habe Ehrfurcht vor dem Künstler mit der flachen Nase. Und denke gleich kurz an das, was Elias Canetti über die Sixtinische Kapelle schrieb, daß er daraus lernte, wie sehr Widerspenstigkeit schöpferisch werden kann, wenn sie sich mit Geduld verbündet.

Großartig gesagt. Mit ebensoviel Zustimmung lese ich, was Heinrich Wölfflin über Michelangelo schreibt. In seinem Buch »Die klassische Kunst« beschreibt er diesen eigenartigen Künstler: »Ein mächtiger Bergstrom, befruchtend und verwüstend zugleich.« Und »was er bildet, ist getränkt mit Bitterkeit«. Warum ist das nun eine Sprache nach meinem Herzen. Darum.

Und Bernini und Borromini. Lies alles über Leben und Arbeiten dieser großen Künstler des Barock und schau dir ihre Gebilde andächtig an. Wölfflin schreibt über den Barock: »Er giebt kein glückliches Sein, sondern ein Werden, ein Geschehen; nicht das Befriedigte, sondern das Unbefriedigte und Ruhelose.«

Er fügt dann unversehens in einer Anmerkung hinzu, daß beide Herren unter schlimmen Kopfschmerzen litten. Außerdem sollen es Melancholiker gewesen sein. Ja, so geht es einem, wenn die Kunst immer persönlicher wird. Obwohl ich noch nie Kopfschmerzen gehabt habe, kann ich mir doch vorstellen, wie unbeschreiblich die körperlichen Beschwerden von Künstlern der Gegenwart sein können. Zumindest, wenn sie sich ein wenig Mühe geben.

Aber was geht hier vor? Der Künstler als Held, der Künstler auf einem zu hohen Sockel? Einigen steht es zu. Solche Künstler sind nämlich Wunder der Natur. Der flämische Kunsthistoriker August Vermeylen nannte derartige Künstler »die groß-strengen Schöpfer«.

Heutzutage muß man über derlei Sprache unbändig lachen. Ich lache bei näherer Überlegung nicht mit. Man kann, finde ich, sein Ziel nicht hoch genug stecken. Es ist sowieso schon so schwer, ab und zu vom Boden loszukommen. Die Schwerkraft spielt uns tüchtig mit.

Ich mache mich wieder auf den Weg. Nordwärts. Dahin, wo die ratlosen Generationen wüten.

Still

Das Haus ist einsam gelegen, das Haus hat ein stures Gesicht. Man muß eine Stunde laufen, um in die nächste kleine Stadt zu kommen. Und weil ich nur irgendeiner bin, ohne Auto, laufe ich eben. Um Essen zu holen oder um zu essen.

Freunde hatten gesagt: Zieh doch ein Weilchen dorthin, unser Haus steht dir zur Verfügung. Gut. Das sind wenigstens Freunde.

Der Künstler in seiner Rolle als *Parasit*. Mein großes Vorbild in dieser Hinsicht ist der Dichter Rainer Maria Rilke. Der besaß auch nichts, das heißt, sowenig wie möglich, brauchte sich nicht um ein eigenes Haus zu kümmern, keine abscheulichen Abzahlungen. Nein. Lieber plötzlich der Bescheid, ach, Herr Rilke, unser Schloß steht ein Jahr leer, wenn Sie wollen, können Sie da wohnen, es ist Personal anwesend. Nach einigem Hin- und Herschreiben begab sich der Dichter dann auf den Weg. So will ich es auch. Man melde sich.

Aber ich bedenke auf einmal: Personal anwesend? Personal gibt es kaum noch, und wenn es noch da ist, schleppt es ein tragbares Radio mit sich herum. Also lieber kein Personal.

Es ist still auf diesem ehemaligen Bauernhof, es ist

hier gut warten auf den fürchterlichen Vorfall. Das Haus ist zum Teil fünfhundert Jahre alt. Bevor es ein Bauernhaus war, hat es als Ausguckposten gedient, damals schon mußte man den Mitmenschen sehr genau im Auge behalten, sonst schnitt er einem den Hals ab.

Es ist hier vollkommen still. Ganz eben, sehr weit weg, ist eine Schaufelmaschine am Werk, eine, die mit ihrem großen Maul Sand futtert und ihn anderswo ausspuckt. Wenn du ein wunderschönes, einsames Hotel in Italien weißt, und du kommst voller Erwartung wieder hin, dann ist dort so eine Maschine in Betrieb. Immer vorher anfragen, ob die nicht am Graben sind in der Gegend. Aber hier ist es vollkommen still, der Bagger ist schon lang wieder weg.

Wenn die Vögel kurz ihren Mund halten, ist es, ich wiederhole und wiederhole, vollkommen still. Komisch eigentlich, daß ich das *still* nenne. Die Vögel rufen drauflos, und doch ist es still. Von mir aus sollen sie ruhig, manchmal pfeife ich ein bißchen mit, ich bin also nicht immer finster.

Die Hummeln machen auch einen höllischen Lärm, und doch ist es still. Alles ist laut. Abends machen die Frösche Krach am Weg entlang. Und wenn es dunkel wird, die Nachtigallen, auch herzlich willkommen. Andernorts werden Kriege geplant und hier ist es totenstill.

Man hört also nur Geschrei von kleinen Tieren und das nennen wir *Stille*. Bis an den Horizont, und vielleicht noch weiter, ist es ein einziges großes Geschrei und Geklage, vergiß das nicht. Mittlerweile lacht der Mensch über seine selbstgemachten Scherze, und einige Kilometer weiter wurde wieder mal einer von einem Idealisten durch die Knie geschossen.

Es gibt hier viel Eidechsen, die hab ich gern. Sie haben lange Zehen und rennen rum. Ab und zu strekken sie ihre Ärmchen und Beinchen, sie glauben dann, daß sie aufrecht stehen, aber das ist nicht so, ihr kleiner Bauch hebt sich eben vom Boden, mehr nicht. Sie rascheln und klettern. Eidechsen tragen keinen Hut.

Es gibt auch Schlangen und Skorpione, aber die habe ich lieber nicht gesehen.

Und nachts wird in diesem barschen Haus leise gesungen. Denn, wer weiß, wer hier alles gewohnt hat, wer weiß, ob die wohl alle wieder weggezogen sind.

Nachts dauernd Geraschel auf dem Dach. Tiere. Irgendein Vogel. Ich höre ihn landen, ich höre Gescharre, er tritt sich wohl die Füße ab, und dann einen Plumps, als ob er sein Fernglas neben sich stellt.

Und nachts die Himmelskörper.

Nachts gehe ich nach Hause, alles ist schwarz. Auf einem Hügel fängt ein Hund an zu bellen, und ein Lichtstrahl blitzt nach unten, eine Lampe wird auf mich gerichtet. Nein, ich habe nichts Böses im Sinn, ich gehe einfach vorbei, während die Wolken kreisen. Es sind Burgen, die Bauernhöfe hier.

Nachts dies, nachts das. Stets komme ich wieder auf die Nacht zurück. Weil die Nacht den Tag verpachtet? Das wird es sein.

Abends ist es noch kalt. Hat ein Holzscheit erst Feuer gefangen, so ist es nicht mehr zu retten. Ich sitze da und starre ein bißchen ins Feuer und unweigerlich denke ich dann an ein Bild in einem Jules-Verne-Buch: einer der am Kaminfeuer sitzenden Herren redete so aufgeregt, daß sein Holzbein beinah Feuer fing. In der Zeit, als ich Jules Verne zum erstenmal las, lange her, konnte ich mir kein schöneres Interieur denken als das der Nautilus. Vielleicht bin ich noch immer dieser Meinung, ich werde mich mal erkundigen.

Weißt du, wann ich auch an Jules Verne denken muß? Wenn nachts die Wolken vor dem Mond vorbeigehen.

Warum Jules Verne? Erstens, weil so ein Bild zweifellos auf einem der würdigen Stiche vorkam, zweitens, und vor allem, weil Jules Verne die Himmelskörper so vertraut gemacht hat. Sie waren weit weg, aber ach so nah. Ihm zufolge reiste man zum Mond, als ob nichts dabei wäre, und sie machten alles mögliche im Weltall. Das tun sie jetzt auch, aber das sagt mir viel weniger.

Die Stadt ist arg klein, aber dennoch ein Bollwerk. Die Städtchen oder Dörfchen liegen wie eine Schraube auf ihren Berg geklemmt, den Kopf zwischen den Schultern, bis auf einige freche Türmchen.

Da nähert sich ein buckliger Zwerg, ich sehe mir gerade den Giebel des Kirchleins an, denn da gibt es was zu sehen. Wissen Sie, ruft er und kneift mich in den Arm, daß diese Kirche nachts zittert und bebt?

Warum zittert sie denn, wenn ich fragen darf. Das zu sagen weigert sich der Bucklige, neinnein, er schweigt, er sagt »eh«, er sagt nichts. Ein paar Meter weiter stehen zwei junge Bekannte von ihm. Den einen wirft er um, dem andern gibt er einen Tritt. Er erinnert mich an den buckligen Zwerg auf einer kleinen portugiesischen Insel, der summend in die Bar des Orts zu kommen pflegte, um anschließend diesem oder jenem das Glas aus der Hand zu schlagen, hopp, alles über deine Kleider, die Leute zu schubsen, an den Haaren zu ziehen, spottend zu lachen. Niemand wagte ihm Böses zu tun, das darf man nicht.

Es ist hier immer noch so still wie nur was.

Hier steht überall geschrieben, daß die Kirche leidet, sie fragen, ob du helfen willst, sie wollen gern Geld von dir haben. Die Kirche hat auch viel leiden lassen, denke ich, ob du aber trotzdem helfen willst.

Markus und Lukas haben vor den Schriftgelehrten in den langen Gewändern gewarnt, und ich weiß sehr gut, daß derjenige, der in der Uniform der *römischen* Kirche umhergeht, manchmal nicht mehr ist als ein feuchtes Törtchen, aber dennoch bemerke ich bei mir selber immer wieder einige Ehrfurcht. Vermutlich, weil diese Tracht etwas darstellt: Ergebung, Hingabe. Alles für die Kirche, alles für Gott. Das war wenigstens die Absicht, das war einst die Abmachung. Aber war da auch nicht so etwas wie: Alles für die Kunst? Gibt es das nicht auch? Es gibt welche, die denken, daß diese beiden viel miteinander zu tun haben.

Der Maler und Professor Roland Holst sagte in seiner Antrittsrede von 1918, daß der Maler »Priester im weitesten Sinne des Wortes sein muß, daß sein Leben voll stetiger Hingabe sein muß, voll Verantwortungsgefühl, voll starker geistiger Konzentration und voll strenger moralischer Reserve«. Und Kandinsky zufolge ist der Künstler »kein Sonntagskind des Lebens: er hat kein Recht, pflichtlos zu leben, er hat eine schwere Arbeit zu verrichten, die oft zu einem Kreuz wird«. Ich finde diese Sprache, ehrlich gesagt, nicht ganz verwerflich.

Laß mich, um deutlich zu bleiben, hinzufügen, daß ich die Uniform des Künstlers, denn auch die gibt es, und zwar in den schelmischsten Formen, immer verabscheut habe, ich will leider nicht wissen, warum.

Wie man wohl weiß, gibt es ziemlich viele Menschen, die etwas gegen die Kirche haben, wahrscheinlich zu Recht, aber ich kann keine Argumente gegen *Kirchen* finden, ich gehe gern hinein. Erst recht in Italien. Ich würde fast sagen: Ich sammle sie.

Ich finde es nämlich immer wieder ein Wunder, daß du mitten in einer vollgestopften Stadt in einen beeindruckenden Raum gehen kannst, wo es still ist, und aus Stein, wo dein Kopf von selbst nach oben geht, wo du dich hinsetzen und nachdenken kannst.

Es sind an diesem Ort viel banale und trügerische Schauspiele aufgeführt worden, aber es haben auch unzählige menschliche Wesen feurig gebeten und gehofft, sie haben gespannt auf einen Wink gewartet. Dieses ungezügelte Verlangen hat seine Spuren hinterlassen, das kann nicht anders sein, ich glaube es noch zu spüren, es ist noch da, dessen bin ich sicher.

Mehr zum Norden hin gibt es kirchliche Strömungen, die die Haustür ihrer Kirche wochentags zuschließen und den Schlüssel verstecken. Ich habe nie verstanden, wozu das gut sein soll. Man muß immer reingehen können, denke ich, und wenn es nur wäre, um sich bei Regen unterzustellen oder um ein gedämpftes Gespräch mit einem Spion zu haben.

Hier in Italien gibt es Kirchen mit wütenden Winkeln. Denen gehört meine Vorliebe. Und wenn es sein muß, zünde ich eine Kerze an. Meine letzte Kerze war vor dem Grab von Fra Angelico in Santa Maria sopra Minerva in Rom. Es steht ihm zu.

Ich sah folgendes: Auf einem kleinen Kirchplatz in Mailand stand ein winzig kleiner Lieferwagen auf drei Rädern, er stand am Bürgersteig. Drinnen saß ein strenges altes Herrchen, es guckte durch einen Schalter nach draußen und verkaufte Eis. Es trug ein weißes Oberhemd mit Fliege, wie fortschrittliche Architekten das zu tragen pflegten. Unter dem Schalter stand geschrieben: EIS. 38 Jahre Erfahrung.

Als ich im Zoo war, bekam der Löwe gerade seinen Knochen. Das sah ich. Er rührte das Futter nicht an, sondern begab sich erst durch eine Seitentür in einen Nebenraum, wo die beiden Löwinnen mit ihrem Knochen anfangen wollten. Er ließ sich nur kurz sehen, er stand ohne ein Wort zu sagen im Türrahmen, die Löwinnen ließen ihren Knochen fallen und schauten zur anderen Seite. Der Löwe hob beide Knochen auf und ging wieder in sein eigenes Zimmer. Nach den heutigen Maßstäben ist dieses Verhalten nicht statthaft. Wie gedenkt man dies zu ändern.

Ich sah dies und ich sah das, es kommt mir wie ein Reisebericht vor und darauf warte ich ganz bestimmt nicht.

Es gibt mindestens drei Stellen in Mailand, die ich gern besuche. Die Galleria Vittorio Emanuele, eine der schönsten Spazierstraßen, die es gibt, wenn ich in Mailand wohnte, würde ich da jeden Tag hin- und hergehen wollen. Dann gibt es die schaudererregende Skulptur von Michelangelo, die Pietà Rondanini, im Castello Sforzesco, aber darüber werde ich mich nicht aufhalten. Und, drittens, gibt es San Ambrogio, und vor allem das Atrium dieser Kirche, den Vorhof, einen der strengsten Plätze, die ich kenne. An den Mauern ist so oft etwas umgestellt, umgeschoben und umgebaut worden, daß die Menschen, die das getan haben, alle tot sind, ob sie wollten oder nicht.

Bei der Kirche gibt es ein kleines Museum. Da hängen Gewebe, die dermaßen verschlissen sind, daß man ohne weiteres seine Unterschrift daruntersetzen könnte. Außerdem kann niemand so schön und bedenklich einrahmen wie der Italiener.

Es hängen da auch Reste von den Bombenangriffen, die San Ambrogio so beschädigt haben: 15. August 1943. Verkrümmte Eisen, die sich auch wie vollwertige Kunstwerke benehmen. Die Kunst setzt ihre rücksichtslose Wanderung fort, alles gebrauchend, alles fordernd: Tränen und Stahl.

Reste also.

Reste von einem Bett aus dem 6. Jahrhundert, Reste von einem Triumphbogen, Reste von Bombenangriffen, wir sind wieder, wo wir waren: bei der Zerstörung. Immer sind es die Reste, die sich geltend machen, wie das wohl kommt.

Hundert Meter weiter wahrhaftig wieder Reste. Diesmal sind es ruhmreiche Reste. *I resti gloriosi*, nämlich die von den 5000 Mailändern, die in den beiden Weltkriegen gefallen sind. Ein Gebäude voller Gänge und Höhlen mit 5000 Namen, die Menschen waren.

Ich kenne jemand, einen Freund von früher, der weiß alles über Reinkarnation und alles über die Toten im Totenreich. Er ist sicher, daß die Toten sich nichts aus dieser Verehrung machen, die ist ihnen, wie er sagt, schnurzegal. Es ist eine Sache der Lebenden, sagt er, also hat es keinen Sinn.

Aber wenn die Lebenden das so gern möchten, wenn den Lebenden damit so sehr gedient ist, wenn es das Überleben leichter macht, laß sie dann nur machen. Laßt uns nur ein bißchen verehren und wehklagen.

Hier wohnen die Gefallenen, es sind: Pietro, Cesare, Carmine, Olivo, Giuseppe, Sisto, Luigi, Oswaldo, Mario, Natale, Pasquale, Giacinto, Secondino, Ernesto, Vincenzo, Francesco, Constantino, Alfredo, Felice, Guido, Angelo, Michele, Archimede, Serafino, Ettore, Nazzareno, Fortunato, Oreste, Ponzio, Riccardo, Giovanmaria, Matteo, Abramo, Gaetano, Davide, Domenico, Amedeo, Calogero, Silvestro, Achille, Fioravante, Ildebrando, Albino, Annibale, Amabile, Floriano, Germano, Napoleone, Isaia, Dionigi, Vitale, Fermo, Romeo, Romolo, Giovenale, Vito und all die anderen auch noch.

Herzlich

Giovanni, der Schafhirte, hat 250 Schafe. Er melkt sie drinnen, denn draußen ist es noch kalt. Die Schafe stehen zu warm und zu dicht. Ein paar fangen an zu husten, sie können husten wie Menschen. Wenn sie husten, haben sie Zähnchen, dann sieht man ihre Zähnchen.

Giovanni stammt aus Sardinien. Vor fünfzehn Jahren hierher gekommen, mit einer großen Herde. Da war er achtzehn. Eine Reise von fünf Tagen. Schiff und Bahn. Ob er davon erzählen will? Ja, so oft und so breit wie es nur geht.

Es gefällt ihm hier. Brave Leute. Er findet es nur unangenehm, wenn es weht. Wehen kann er nicht leiden. Dann kommt er sich wie in Sardinien vor. In Sardinien weht es dauernd, dauernd. Weil es eine Insel ist, nicht wahr. Kann er nicht leiden.

Im Anfang waren die Leute hier etwas argwöhnisch, denn Sarden sind eine Art Wilde, vielleicht sogar Mörder. Aber jetzt haben sie ihn lieb.

Als vor ein paar Jahren in der Gegend hier eine Leiche gefunden wurde, die reichlich zerstückelt war, sagte man sofort: das kann Giovanni nicht getan haben. Sie nahmen zwar an, daß es ein Sarde gewesen sein muß, aber Giovanni nicht, nein. Übrigens, er hat eine Frau aus dieser Gegend. Also nein, das kann Giovanni nie getan haben.

Als ich mich mit ihm ins Dorf begebe, ruft der erste beste, der vorbeikommt: Giovanni, Giovannino! Er wird angefaßt und geknetet.

Hier stoßen wir auf ein eigenartiges *Verhaltensmuster*. Der Mensch, umringt von Händen und Lachen. Man kneift, man schüttelt, man schlägt. Alles mit Maßen, das wohl, übertreiben will ich nicht, aber es geschieht. Doch hat, soweit ich weiß, keiner von ihnen einen Kursus in Haptonomie gemacht. Es geht von selbst.

Einsamkeit ist hier nicht möglich und das ist seltsam, wenn man aus einer Großstadt kommt, wo jung und alt einem dauernd die Ohren volljammern von der Einsamkeit, von der Kommunikationslosigkeit. Stein und Bein. In einer Gemeinschaft wie hier gibt es nichts zu klagen. Jeder redet ringsum. Sie kennen das nicht anders.

Sagte ich: jung und alt? Eine Kluft gibt es hier nicht. Keine Spur. Sie plaudern zusammen, sie spielen zusammen Billard. Ich habe ein Jahr in einem friesischen Dorf gewohnt, da war es auch noch ein bißchen so, da waren sie auch noch nicht gegeneinander aufgehetzt.

Eine der geselligsten Straßen, die ich kennenlernen durfte, ist die Calle Victoria in Madrid. Kleine Gaststätten und Verkaufsbüros, wo man Karten für Fußballspiele oder Stierkämpfe kaufen kann. Da stand ein ärmlicher Greis und verkaufte Lose. Auf der Straße. Höchst bemitleidenswert. Aber vielleicht war dieser Greis gar nicht bemitleidenswert, er wurde nämlich dauernd angesprochen und umfaßt. Er stand einen großen Teil des Tages da und tat nichts als erkennen, auflachen, greifen.

Eine zweifelhafte Beobachtung. Ich plädiere bestimmt nicht dafür, Bejahrte an einer zugigen Straßenecke Nippsachen verkaufen zu lassen. Aber man sieht so etwas und man denkt nach, so man kann.

Dies soll jedoch nicht in den Bericht eines aufgeregten Nordeuropäers ausarten, der alles *lustig* findet, wenn es nur im Süden passiert, der jeden Südeuropäer als amüsantes Kind sieht. Das sei mir ferne.

Ja, aber die Zusammengehörigkeit ist doch gerade so erstickend, heißt es dann. Natürlich, kann sie sein. Jeder kümmert sich um dich, du wirst nicht aus den Augen gelassen, sie halten dich sogar, wenn du nicht aufpaßt, vom schlechten Weg ab, unter dem Vorwand sozialer Kontrolle. Als ich jung war, empfand ich jede Form von Zusammengehörigkeit als erstikkend. Und wie. Dann haut man ab. Dann nimmt man seine Sachen unter den Arm und geht. Kann man. Wird einem übelgenommen, aber man kann. Tausende tun das. Ich glaube, daß es leichter ist, sich dem gemütlichen Beisammensein zu entziehen als der Einsamkeit, merk dir das mal.

Nach getaner Arbeit kommen sie in die Bars geschlendert, hier wird lang gearbeitet, vertu dich nicht, und sie unterhalten sich einen Moment, sie schauen herein, ob es was zu lachen gibt, sie trinken etwas oder auch nicht, das tut nichts zur Sache, und ein Mann kommt nur kurz vorbei, um sich einen Bonbon zu kaufen. Er spitzt die Lippen, schiebt den Bonbon langsam hinein, beginnt zu lutschen und zu lecken, er schwelgt, und nimmt Abschied mit einer breiten Geste und einem schmalen Geräusch, denn er hat den Mund voll.

Und jeden Abend sitzen welche vor der Glotze und schlummern. Der Rest spielt Karten oder redet. Nur wenn es ein Quiz gibt, sitzen sie alle brav und gukken. Genau wie die Holländer. Genau wie die Deutschen. Sie sind also doch gebildet.

Aber warum tragen die älteren Männer in diesem Dorf den Hut ein Quentchen behender als die Männer in einem, sagen wir, deutschen Städtchen. Einen Hut tragen. Das kann man nicht lernen. Guck dir den an, sagt jemand. Ich gucke, ich sehe ein Männchen mit einer zu großen Mütze und einem zahnlosen Mund. Ein fröhlicher Mensch, das merkt man sofort. Es wird ihm etwas angeboten. Was möchtest du heute trinken. Er trinkt ein Glas Weißwein. Möchtest du noch eins? Neinnein. Gackernd verschwindet er.

Ob ich weiß, wer das ist? Nein, weiß ich nicht. Der ärmste Mann des Dorfes. Ja. Sie sind stolz auf den ärmsten Mann des Dorfes. Sie sagen: er ist ehrlich, er hat ein gutes Herz. Deshalb wird er verwöhnt und verhätschelt. Kriegt alles mögliche. Immer frei zu trinken. Bei der Osterprozession darf er das Kreuz tragen, barfuß. Findet er eine große Ehre, und das ist es auch.

Voriges Jahr haben sie Geld für ihn gesammelt, für ein Gebiß. Er ist drei Wochen betrunken gewesen. Das ganze Geld versoffen. Macht nichts. Sie haben lange gelacht.

Herzlichkeit kann des Teufels sein. Ich bin kaum fünf Minuten im Haus, ist schon der andere Giovanni da, der Bauunternehmer, der manchmal hastig was im Haus zurechtrückt, was repariert. Herzlich willkommen, sagt er, und hier ist eine Flasche Wein. O, herzlichen Dank. Nichts zu danken, Freunde meiner Freunde sind auch Freunde. Ein paar Tage später treffe ich ihn in der Bar. Der Wein war gut, Giovanni. Ja, dieser Wein ist gut, habe ich von einem Freund, der füllt selber ab, da wird nicht gepanscht, hast du wohl geschmeckt. Ja, das hab ich geschmeckt. Nochmals vielen Dank. Am nächsten Tag drei Flaschen Wein. Ein paar Tage danach kommt er vorbei, um einen Wasserhahn zu reparieren. Aber es eilt nicht, Giovanni. Ja, ich beeile mich immer, ich bin die letzten Jahre so nervös geworden, früher war ich groß und stark, jetzt bin ich nur noch groß, und ich habs an den Bronchien, mein Herz und meine Lungen sind noch in Ordnung, und wie war der Wein? Ausgezeichnet. Schön. Am nächsten Tag, ich war kurz weg, standen sechs Flaschen Wein da. *Sechs.* Ungelogen. Ich habe sie verschenken müssen, denn wenn ich auch mit Kunst zu tun habe, so trinke ich doch sehr mäßig. Herzlichkeit hat es also in sich.

Um ins Dorf zu kommen, muß ich eine Stunde laufen, ich tue das gern. So einfach geht das aber nicht.

Man muß schon mal ins Gebüsch tauchen, um nicht mitgenommen zu werden. Ein Bauer mit einem Dreiradwagen, so ein überdachter Motorroller mit einem geraden Lenker, kommt mir entgegen. Mußt du ins Dorf? Bring ich dich hin. Wirklich nicht nötig, du. Er dreht und wir sausen die Straße entlang. Ich muß ihm versprechen, Bescheid zu sagen, wenn ich ins Dorf will. Laufen tun nur die Dummen. Ich habe mein Versprechen nicht halten können. Herzlichkeit, da hört alles auf.

Und ein Hund, der mitten auf der Straße schläft. Das ist der Sonntag. Ein eiliger Passant mit einer Blume im Knopfloch, einem Blasinstrument unterm Arm. Wo spielt ihr denn? Ganz weit, in der Gegend von Siena. Das ist aber wirklich weit. Ja, heute abend spät zurück.

Etwas weiter die Straße hinauf stolpert eine Dame in schwarzem Kleid. Sonst niemand. Das ist der Sonntag. Ab und zu eine üble Wolke, die sich nicht leicht wegschieben läßt.

In der kleinen Kirche stehen zwei Nonnen und flüstern, die eine macht eine Gebärde, als ob sie gräbt, sie macht etwas vor, ein Mann mit dem Knubbel am Hinterkopf blickt sich argwöhnisch um, mal sehen, was da wieder passiert ist. Es passiert nichts, es bleibt still.

Argwohn

Hier folgen einige Gedanken über die Landschaft rundum. Vor allem über die Landschaft am Nachmittag, dem schmerzlichsten Moment des Tages, gib es doch zu.

Waren die Nachmittage der letzten Kriegsmonate nicht auch so? Das würdige Weggehen des Tages, das müde Lächeln der Ergebung und unterdessen wurde alles und jeder zerrissen. Die Gleichgültigkeit der Natur gegenüber der kalten Verwüstung, aus Bequemlichkeit pflegt man das *prächtig* zu nennen, und das ist es auch.

Muß seitdem auch die Landschaft hier, auf der Grenze von der Toskana, Umbrien und Lazio, mit Argwohn betrachtet werden, ist sie nicht *zu* schön? Ja. Aber vorläufig stimmt sie fromm. Frommheit im Sinne von Entsagung, von Einkehr, von Konzentration. Kurzum: sie stimmt schwarz. Vielleicht ist Schwarz doch die Farbe der strengen Hingabe, das habe ich stets gesagt, aber du wolltest nicht hören und sehen, und nun ist es zu spät. Laß mich doch einen schwarzen Tempel bauen. Später sehen wir dann weiter.

Novalis hat einmal zu mir gesagt: »Trägt nicht alles, was uns begeistert, die Farbe der Nacht?« Novalis glaube ich aufs Wort.

So sausen die Tage und Nächte vorbei. Habe den Plan wieder aufgegriffen, die Serie »Melancholia« zu malen. Viele Skizzen gemacht, Vorstudien, bin jetzt fest entschlossen, mit der Serie »Melancholia« anzufangen, demnächst in Berlin. Lange gezögert, aber jetzt weiß ich es bestimmt. Aber erst noch die Serie »Preußisch« fertig machen. Manchmal fragt man sich. Und geht das einen anderen überhaupt an? Erzähl lieber weiter von der Landschaft.

In der Ferne die liegenden Linien: Hügel und Berge, die die untergehende Sonne anstaunen. Der Rest ist Himmelsgewölbe, das sich aufstemmt. Roter Samt.

Diese Landschaft ist wie ein Drache, der daliegt und döst, so träge. Etwas später wird sie sich wieder heimlich aufmachen für den Kampf von morgen, dann wird sie wieder zurückschlagen. Jetzt noch nicht. Die Landschaft hat sich, scheint es, schluchzend in das große Unvermeidliche gefügt. Kein einziger Widerspruch mehr. Sie faßt zusammen. Sie duldet.

Ist dies die totale Schönheit, die so nahe beim Tod liegt? Wo alles zur Ruhe gekommen ist, wo alles sich hingestreckt hat, um abzuwarten. Sollte dies das Paradies sein, das wir, einigen Dichtern zufolge, noch immer ahnen? Darum schlagen wir uns immer wieder die Schädel ein, weil der eine den Weg zum irdischen Paradies besser zu kennen glaubt als der andere.

»Das Paradies«, sagte Novalis, »ist gleichsam über die ganze Erde verstreut, und daher so unkenntlich geworden.« Deshalb müssen »seine zerstreuten Züge vereinigt, sein Skelett ausgefüllt werden«. Er plädierte daher für eine »Regeneration des Paradieses«, für eine »Poetisierung der Welt«, eine »Herstellung der Märchenwelt«. Somit erwartete er eine »neue, goldne Zeit«. Bekanntlich ist die nie gekommen. Sei nicht allzu traurig.

Und, wenn es drüben ganz dunkel ist, tauchen da und dort erstaunte Lichter auf: Menschen mit höllischen Plänen. Habe hier »Renaissance und Barock« von Heinrich Wölfflin wiedergelesen. Die Renaissance, schreibt er, »ist die Kunst des schönen ruhigen Seins«. Wie wenn er vom Nachmittag redete. Habe hier auch »Die Kultur der Renaissance in Italien« von Jacob Burckhardt wiedergelesen. Es würde mich zieren, wenn ich hiermit jedem riete, diese beiden Werke zu lesen, aber ich nehme an, daß sie nicht als Comic zu haben sind. Lies sie dann eben nicht. Burckhardt erzählt von den Menschen, die hier etwas zu sagen hatten. Macht ist fast nicht zu ertragen, dafür gibt es einige Beispiele.

In Siena herrschte Ende des 15. Jahrhunderts ein gewisser Pandolfo Petrucci. Burckhardt nennt ihn böse und unbedeutend. Doch im Sommer amüsierte er sich köstlich damit, Felsbrocken in die Tiefe rollen zu lassen in der Hoffnung, etwas oder jemanden zu treffen.

Giovan Maria Visconti war ein Herrscher in Mailand, der wegen seiner menschenzerreißenden Hunde berühmt war. Als seine verhungernden Untertanen ihn auf der Straße um Frieden anflehten, denn seine Kriege hörten und hörten nicht auf, schickte er seine Mietlinge auf sie los. Zweihundert Menschen wurden ermordet. Außerdem ließ er die Wörter Krieg und Frieden verbieten. Die Wörter waren nicht mehr angebracht. Und wer sie doch sagte, kam an den Galgen. Priester durften nicht mehr dona nobis pacem sagen, sondern tranquillitatem. Natürlich wurde auch dieser Giovan Maria ermordet. Diese Art Herren hatte zwar viel Spaß, wurde aber nicht alt.

In Florenz wollten die Pazzi die Medici aus dem Weg räumen. Ein normaler Streit zwischen zwei mächtigen Familien. Und wenn man in der Zeit eine Familie mit einem Schlag ausrotten wollte, mußte man das in der Kirche tun, da waren sie alle beisammen. Man wandte sich an einen fachkundigen Berufsmörder, aber im Dom, nein, da weigerte er sich. Bei einem Gastmahl gern ja, aber nicht in der Kirche. Da fand man zwei Geistliche, die wollten es schon machen, »denn sie waren an heilige Orte gewöhnt und hatten daher nichts dagegen«. Medici-Sproß Giuliamo, der Bruder des großen Lorenzo, ist dann ermordet worden. Zeitgenosse Botticelli hat ihn auf seiner »Anbetung der Könige« als einen der Umstehenden gemalt. Das Bild hängt in den jetzt 400jährigen Uffizien in Florenz, da ist es zu sehen. Es sei denn, du hast Schwellenangst, dann ist es nicht zu sehen.

Die Condottieri hatten es schwer, sie waren die Heerführer, die für ihre Vorgesetzten die Feldschlachten gewinnen mußten. Wenn sie verloren, war ihr Leben in Gefahr, das ist klar, aber wenn sie gewannen auch, dann wurden sie lästig, wollten alles mögliche haben: Geld, Land oder einen Thron. Folgendes soll in Siena passiert sein. Die Bürger dieser Stadt hatten tagelang über die Art der Belohnung für ihren siegreichen Condottiere beraten. Man beschloß, ihn zu ermorden, um ihn anschließend heiligzusprechen. So ist es geschehen.

»Homo homini lupus; wer hat nach allen Erfahrungen des Lebens und der Geschichte den Mut, diesen Satz zu bestreiten?« Das schrieb Freud, als ich geboren wurde.

Aber was haben diese Schurken hinterlassen. Städtchen voll autoritärer Architektur. Plätze voll Furcht. Großartig. Es tut mir aufrichtig leid, aber diese Art Architektur ist zum Fürchten schön. Schon wieder die Schönheit des Bösen? Die Ästhetik des Schreckens? Die demokratischen Gebäude heutzutage, alles gut und schön, aber man weiß nie, wo der Eingang ist.

Wie fesselnd der Mensch ist, wie fortschrittlich. Wie wehrlos auch. Und wie unbewegt die Natur.

Anmerkung

Eigentümlichkeit des Ausdrucks
ist Anfang und Ende aller Kunst
Goethe

Der Leser, der sich mit Armando einläßt, stößt auf Widersprüche. Armando erforscht Grenzen, vermittelt Wesentliches, spricht aber nicht aus. Er schreibt jungenhaft und schroff, verhalten und archaisch. Er verstößt gegen die Regeln der Grammatik und der Zeichensetzung. Seine Stileigenheiten und Wortprägungen habe ich ins Deutsche übernommen. Zum Beispiel »Tragemusik« statt Transistorradio. In Armandos Muttersprache sind solche Ausdrücke ebenso neu und befremdlich wie in der deutschen Übersetzung.

Unübersetzbar ist die Wirkung der deutschen Wörter und Wendungen im niederländischen Kontext. Armando hat die Fremdsprache so eingesetzt, daß sie nicht nur die Authentizität seiner Beobachtungen unterstreicht, sondern ihnen die Schärfe nimmt, die als Gehässigkeit ausgelegt werden könnte. Der Verfasser blinzelt seinen Landsleuten zu mit der unausgesprochenen Bemerkung: »So sind die Deutschen – Aber wir auch. Menschen eben.«

In den Arbeiten des Schriftstellers läßt sich die Linienführung des bildenden Künstlers verfolgen. Widersprüche auch hier: krakelige Kinderschrift oder vollendete Zeichenkunst? Die Linien schreien auf, brechen jäh ab oder lösen sich, kaum noch wahrnehmbar, in Trauer und Schönheit auf. »Wo endet das Sprechen und wo beginnt der Schrei, wo die Stille, wo das Wort.« (*Herbst*, vgl. S. 90).

Armando ist ein Künstler der sparsamen Form, der verdichteten Sprache. Kein Strich, kein Wort zuviel.

Anne Stolz

Die Texte dieses Bandes wurden folgenden Büchern entnommen:

Deutsch; Die Schriftsteller; Wir haben es nicht gewußt; Hunde; Die kleinen Vorkommnisse; Die Sehnsucht; Nebel.
Aus: Armando, Krijgsgewoel. Amsterdam: De Bezige Bij 1986

Machthaber; Die Parabel vom Meer und der Knopfdose; Mitleid; Herbst; Betteln; Namen; Still; Argwohn; Herzlich; Kopfschmerz.
Aus: Armando, Machthebbers. Verslagen uit Berlijn en Toscane.
Amsterdam: De Bezige Bij 1983

Orte; Gehört und gesehen; Reste; Damengesang; Zirkus; Lärm; Nacht; Schuldige Landschaft; Vor dem Krieg.
Aus: Armando uit Berlijn. Amsterdam: De Bezige Bij 1983

Armando, geboren 1929 in Amsterdam, lebt als Maler und Schriftsteller seit 1979 in Berlin. Einzelausstellungen seiner Bilder waren in Berlin, Amsterdam, Venedig (Biennale 1984), Rotterdam, Stuttgart, Hamburg und Los Angeles zu sehen. Veröffentlichungen: »Verzamelde gedichten« (1964); »De SS-ers« (Mit Hans Sleutelaar, 1967); »Hemel en aarde« (1971); »Dagboek van een Dader« (1973); »De denkende, denkende doden« (1973); »Het gevecht« (1976); »De ruwe heren« (1978); »Tucht« (1980); »Aantekeningen over de vijand« (1981); »Armando uit Berlijn« (1982); »Machthebbers« (1983); »Krijgsgewoel« (1986).

Wolfgang Weyrauch
Atom und Aloe

Gesammelte Gedichte
Herausgegeben von Hans Bender
256 Seiten. Bleisatz. Buchdruck.
Fadenheftung. Büttenbezogener Pappband.

Die »Gesammelten Gedichte« folgen der Chronologie der Gedichtbücher, sie versammeln das Bleibende: »Ich war bestrebt, des Autors Intentionen zu folgen; ihn so zu treffen, wie er wahrscheinlich selber in einer konzentrierten Auswahl sich dargestellt hätte«, schreibt Hans Bender, und: Weyrauch »ließ alles Lyrische, Stimmungsvolle, Gefühlige hinter sich; die Metapher und den Vergleich. Die ›Wörter‹ waren ihm wichtig, ›...nicht die Worte‹: Wörter, die Dinge zu benennen. Er bevorzugte Kanten und Ecken vor Glätte und Geläufigkeit. Unter den Gedichten des Bandes ›Gesang um nicht zu sterben‹ finden sich zwei Zeilen, die seinen Vorsatz aussprachen: ›Ich schreibe ein Gedicht. / Ich veranstalte eine Expedition.‹ Er probierte Gedichte.«
Im Anhang des Bandes stehen poetologische Texte von Wolfgang Weyrauch; Selbstinterpretationen und Erfahrungen mit Gedichten, Interpretationen, Hinweise und Warnungen.

Frankfurter Verlagsanstalt

Klaus Nonnenmann
Die sieben Briefe des Doktor Wambach
Roman

160 Seiten. Fadenheftung. Schön gebunden.

»Ein kleines Wunder«, »eine rare Freude«, eine »anmutige Überraschung«; die Geschichte von Doktor Hubertus Wambach und der kleinen Ise, Klaus Nonnenmanns Roman »Die sieben Briefe des Doktor Wambach«, erscheint (endlich) wieder.
Peter Härtling, der Freund und Bewunderer von Klaus Nonnenmann und Hubertus Wambach, schrieb: »Ich will mein Urteil in den für einen Kritiker ungewöhnlichen Satz zusammenfassen: Ich habe dieses Buch lieb. Dies deshalb, weil ich mich mit ihm vergnügen konnte, weil es mich rührte, weil es mich nachdenklich machte und anregte, weil es in ihm keine Sentimentalität gibt, sondern die wenigen Figuren mit kunstvoller Ironie durch die Tage bewegt werden, weil es ein Märchen ist, das nicht gestern geschrieben wurde, sondern heute. Es ist für heute geschrieben worden, aus unserer Gegenwart und hat doch seine eigene Zeit. Mithin – ein kleines Wunder heute.«

Antonio Delfini
Der letzte Tag der Jugend
Elf Erzählungen und eine Geschichte

Aus dem Italienischen und mit einem Nachwort
von Marianne Schneider

256 Seiten. Fadenheftung. Broschur.

»Die Wirklichkeit? – die gibt es doch gar nicht. Es gibt nur die Phantasie. Die Wirklichkeit, das sind wir zwei, du und ich, wie wir hier ganz doof im Café Hungaria sitzen.«

Antonio Delfini

»Sein Schreiben ist klar wie die Luft. Wir können in einem klaren, heiteren Licht atmen und gehen, brauchen uns nicht zu verstellen, über nichts hinwegzusehen, ihm nur im Erzählen zu folgen, das weder Zwängen noch Strukturen gehorcht, das frei und schnell, launisch und unvorhersehbar dahinfließt, wobei es das Geheimnis jeglichen Schlusses mit sich fortnimmt.«

Natalia Ginzburg

Frankfurter Verlagsanstalt

Sylvia Plath

Die Bibel der Träume

Erzählungen

Aus dem Amerikanischen
von Julia Bachstein und Sabine Techel

248 Seiten. Fadenheftung. Schön gebunden.

Mit dem Roman »Die Glasglocke«, den letzten Gedichten »Ariel« und den »Briefen nach Hause« war bislang nur ein Teil des Werkes der amerikanischen Schriftstellerin Sylvia Plath in Deutsch zu lesen. »Die Bibel der Träume« ist der erste Band mit Erzählungen und Kurzgeschichten, weitere werden folgen.

Wie in der »Glasglocke« ist auch in den Erzählungen Sylvia Plath' Leben direkt nachzuspüren, sind ihre Erfahrungen, ihre Reisen, ihr Beruf, ihr Leiden an sich und den anderen Teil des Erzählten, Motive des Schreibens. »Nichts fällt mir wohl schwerer im Leben, als zu akzeptieren, daß ich nicht auf irgendeine Weise ›vollkommen bin‹...«, schreibt sie, und: »Was ich am meisten fürchte, ist der Tod der Phantasie«.
In Vorbereitung: Erzählungen und Stories (1988), Tagebücher, Sämtliche Gedichte, Ausgewählte Briefe.

Frankfurter Verlagsanstalt